主编　凌翔　　　　当代著名作家美文自选集

我就是那一只墙外的苹果

蒋坤元　著

民主与建设出版社
·北京·

图书在版编目 (CIP) 数据

我就是那一只墙外的苹果 / 蒋坤元著 . —北京：
民主与建设出版社，2019.12
ISBN 978-7-5139-2759-8

Ⅰ.①我… Ⅱ.①蒋… Ⅲ.①成功心理—通俗读物
Ⅳ.① B848.4-49

中国版本图书馆 CIP 数据核字（2019）第 247602 号

我就是那一只墙外的苹果
WO JIUSHI NA YIZHI QIANGWAI DE PINGGUO

出 版 人	李声笑	
著　　者	蒋坤元	
责任编辑	周佩芳	
封面设计	陈　姝	
出版发行	民主与建设出版社有限责任公司	
电　　话	（010）59417747　59419778	
社　　址	北京市海淀区西三环中路 10 号望海楼 E 座 7 层	
邮　　编	100142	
印　　刷	唐山楠萍印务有限公司	
版　　次	2020 年 1 月第 1 版	
印　　次	2020 年 1 月第 1 次印刷	
开　　本	710 毫米 ×1000 毫米　　1/16	
印　　张	13	
字　　数	200 千字	
书　　号	ISBN 978-7-5139-2759-8	
定　　价	49.80 元	

注：如有印、装质量问题，请与出版社联系。

他是谦和低调的企业家，他还是一名作家

谦和的笑容，朴素的穿着，当他站在你的面前，若他不说，你一定想不到，他是一位出版了三十多部作品的作家，更想不到，他拥有着资产过亿的企业。

他就是蒋坤元老师。

在我的写作朋友中，有许多人写过蒋老师。他们大多在简书上因文字相识，然而，我对简书不太熟悉，因为我并不在那里写文，但我知道蒋坤元老师，知道他是简书上的写作大伽。

起初相识，源于好友齐齐的线下聚会。苏州的春天，走到哪儿都让人深爱，柳绿，水灵，花娇，风轻，云绵，日光温柔，就是在这样的好时节，我遇见蒋老师，并有幸见到蒋老师。

齐齐说，小隐，清明节我们简书文友线下聚会，邀请你来做嘉宾啊。我应允。但我并不知道，这次聚会会有哪些文友到来，更不知道，会遇见蒋老师。

那天的风很大，我从家里出发，到相城聚会的酒店，齐齐说，你到了地铁站说一声哈，让蒋老师去接你。于是，我便加了蒋老师的微信。没见面之前，我想着，这位出版了三十多部作品又身家过亿的企业家，会不会很傲气？

是真担心，我素来不喜攀富贵，慕荣华，更不喜欢去迎合，而且，在我的印象里，那些才气、财气很厉害的人，大多比较傲慢，怎会在意那些微如尘埃的人呢。所以，当我知道蒋老师要来接的时候，我早已做好了上车沉默的准备。

在地铁里的时候，蒋老师打来电话，他的声音，很温和，并不像我想象的那样高傲，反倒像个长者，温和而柔软。他说，小隐，我先把其他人接到酒店，你到了打我电话，我就过来接你。我应着，说，好的。

下了地铁，打蒋老师的电话，不一会儿，一辆极其普通的车（我不懂车的牌子）停在我身边。蒋老师探出头，叫我的名字，小隐。我打开车门上车，一路上，他一直夸我，说我一个人在苏州，努力追梦，真是不容易，年纪轻轻出版自己的书籍，很棒。坦白讲，我知道自己不过是运气比较好罢了，就笑了笑。这时我才知道，蒋老师的车，是好几十年前刚创业办厂时买的，十五万都不到，但他却有着一家资产过亿的企业。他说，身边的人都劝他换车，但他觉得没必要，他说，我就喜欢这小车，开着舒坦。

他有句话我记忆特别深，他说，人活的不是外在，而是一种涵养。

涵养。真是妙言。在这个物欲横飞的时代，人人都在攀比，在追赶，孩子们攀比谁的爸爸更厉害，成人则攀比谁的车子更好、工资更高、房子更大，好像我们都活成了别人眼里的成功，而真正的生活，只有自己明了。

越有涵养的人，越低调，那是骨子里的谦逊。

到了酒店，文友们都已经来到，正在做分享。这时，我才知道，今天来到活动现场的许多文友，大多都是蒋老师开车去地铁站接的。一个企业家，一个作家，还能做到如此低调和真诚，对待我们这些小文友，不摆架子不傲慢，真是难得。

分享会期间，蒋老师无私的与大家聊起创作经验，以及家庭关系，亲子教育等，他的分享，让我们受益匪浅，我想，这就是真正的作家风范吧。

分享结束后，大家在酒店共进午餐。蒋老师说，到了苏州，到了相城渭塘，一切都包给我，吃好喝好玩好啊，这样的豪爽，人间难得有几人？

饭间闲聊，才得知，蒋老师在苏州文学圈，早已经是前辈。我们共同认识的吴中作协的与秋姐，与蒋老师是故交，苏州日报的姜老师，亦是蒋老师的好朋友。文学是根线，牵引着我们相遇。蒋老师除了出版三十多部小说，他还大量在苏州日报上发表文章，并是苏州作家协会会员。

蒋老师说起当兵的那些往事，而在我写作路上给我许多帮助的凌翔老师，也是军人，后来才得知，他俩又是同年生，并且早已相识，缘分的奇妙，大概就是这样子吧。

蒋老师还为当天所有参加活动的文友准备了伴手礼，是他自己出版的几本小说。他的小说，多以苏州相城区渭塘为题材，那是他生活的地方，从小到大，再熟悉不过，那里发生的故事，都被他一一拾捡，化作一篇篇灵气十足的小说。

午饭后，蒋老师带我们去他的工厂参观。他走进厂子，始终笑容满面，他的工人也都很热情，那么大的厂子，他管理的井井有条，还写出那么多部著作，真让人敬仰。

风，依然吹着，微凉，很惬意。蒋老师带我们去阳澄湖，辽阔的湖面，波光粼粼，湖岸边风景优美。我在苏州生活许多年，阳澄湖是去过的，但这次面对这片湖水的感觉，与往次绝然不同，因为，这次有蒋老师，有可爱的文友们。

蒋老师说，我们在苏州的文友以后常相聚哦。这样的大气，只属于蒋坤元老师。这样的谦逊，只属于蒋坤元老师。这样的真诚，只属于蒋坤元老师。

太阳慢慢滑落到湖的另一边，说再见，是为了，下次再见。

小隐

目　录

第一辑　我就是那一只墙外的苹果

我知道，那些生长在墙外的苹果，经历了更
多的风雨和磨难，它们可能卑微，可能丝毫引不
起人们的注意，但是，只要它们能坚持到成熟的
那一天，那么，它们一定会比墙内的苹果更香甜，
一定会成为世间最甜美的果实。

勇气

世界上历来都是以胜败论英雄，成者为王，败者为寇，我们顶礼膜拜成功者，我们遗忘或者抛弃那些失败者，我们自己也因此或被追捧或被冷落。

我觉得做事是需要勇气的，这是成事的首要条件。

2002年9月我下海办厂，当时我在阿舅手下跑供销，年收入有十几万元，而当时一个员工的收入才万把块左右，应该说我的收入可以了，但我并不满足与此，我想自己做老板，我想凭自己真正的本事挣钱，而不是"寄人篱下"。真的，当时我能跨出这一步是非常需要勇气的，因为妻子并不支持我这样做，她希望我一门心思跟着她哥哥干，挣钱安安稳稳才好。但我不想碌碌无为一生啊！

就这样我一咬牙就出来了。

就这样我把自己逼到了悬崖之上。

到了2006年10月，我又心血来潮，这次我想到阳澄湖买地，但我的账上又没钱，妻子又是极力反对我，她担心我投资失败，因为买地的几百万元都要向别人借。只是我想，土地是不可再生资源，以后用地会越来越紧，应该是买得晚不如买得早。所以，我没征得妻子的同意，就把 20 万元买地的押金付出去了。

就这样我背水一战了。

就这样我义无反顾地又投入到了新的创业之中。

真的，自从买了 25 亩土地后，我就特别狼狈不堪，因为到处需要钱啊，而且不是几十万元或者几百万元，而是需要近三千万元，比如阳澄湖的土质不好，打水泥桩就需要一百多万元，还有仅建造厂房那个设计费就达四十多万元，这些数字好像天文数字，让人瞠目结舌。好在亲戚朋友相信我，他们愿意借钱给我，阿舅一出手就借给我一千万元，他对他妹子（我妻子）说："买地是可以的，很快会增值。"

阿舅的话也给了我必胜的勇气。在这里，我要谢谢他的知遇之恩，他是我成功背后坚强的后盾。如果没有他的支持，我的事业是不可能做得这么一帆风顺，更不可能做得如此这般宏大的吧。

有句名言说得好："我们最大的敌人就是自己。"

生活当中，有些人时常说自己败在心态上，状态不佳……其实，这些失败的原因都是源自于我们的心，源于我们缺少突破自己的一种勇气。

我特别喜欢梁静茹的歌《勇气》：

终于做了这个决定 / 别人怎么说我不理 / 只要你也一样的肯定 / 我愿意天涯海角都随你去 / 我知道一切不容易 / 我的心一直温习说服自己 / 最怕你忽然说要放弃 / 爱真的需要勇气 / 来面对流言蜚语 / 只要你一个眼神肯定 / 我的爱就有意义 / 我们都需要勇气 / 去相信会在一起 / 人潮拥挤我能感觉你 / 放在我手心里你的真心 / 终于做了这个决定 / 别人怎么说我不理……

做最好的自己

有一个寓言，说的是有两只画眉鸟偶然相遇，一只关在笼子里，一只是在野外自己谋生，它们都不满足自己现在的生活，竟然互相羡慕起对方来，于是它们决定互换一下位置。最后两只画眉鸟互换位置后都先后死去了。一只原来生活在野外一下子被关在笼子里，它受不了寂寞而死了，另一只原来享受着饭来张口、衣来伸手的悠闲日子，它没有在野外捕食的本领，结果也被饿死在荒野了。

这个寓言告诉我们一个道理，无论你在何时何地，做最好的自己便如身处天堂。

我有个老同学，本来他是养猪的，这让他发家致富了，有了一笔钱后他就买了十几亩土地，并建造了几千平方米的厂房，但他自己没有什么项目，厂房都是出租的。其中有个租户是做红木家具，他见租户生意好，觉得自己也开个红木家具厂那该是多么的好，所以他想加房租，想尽办法将那租户赶走了，他就自己开起了红木家具厂。只是好景不再，他不懂红木家具的内行，结果两年不到，他的这个红木家具厂就经营不下去了，亏本了一百多万元，最后他只好选择将家具厂关门。

如果他不开红木家具厂，一年房租收入几十万元应该是没什么问题，而他眼红人家生意好便自己做了，没想到自己做却亏本了那么多，还不如出租厂房好，真是万千事欲速则不达啊！

我也遇到过这种事情。

三年前，晴谷刚来我厂，他对工厂还是不太熟悉。就在那个时候，妻子有个亲戚要我们与她一块合股设立一个公司，推出一种汽车洁净尾气的产品，她说得神乎其神，最后要我们投资两百万元，并说让晴谷做董事长。

妻子与晴谷真的同意了。

到了我这里卡壳了，我说：她这个项目搞了好几年，还没有一点起色，我们掺和在里面，是去做冤大头的，这两百万元准备投到太湖里吧。

妻子是情面难却答应她的。

晴谷是不了解情况，不想让母亲不高兴而答应此事的。

我对晴谷说，她的这个产品我们并不了解，并不适合我们，我们现在是几家跨国公司的零部件供应商，这是我们自己的优势，我们可以做好自己的文章，何必去与别人合伙做自己不熟悉的事情？

由于我的坚决反对，最后我们没与她合伙开公司。现在几年过去了，那个产品还没有正式投入批量生产，她的公司前途一片暗淡，不知道生机在哪里？我借这个机会教导晴谷，你要做最好的自己，不要做寓言里的两只画眉鸟。

拼搏的人不止我一个

去年，我到苏州夜校读日语，一个班级十几个同学就我年纪最大，最小的同学才只有十四五岁。本来我觉得我是世界上最拼搏的一个人，但到了那里看见整个楼里都是读书与实习的人，有的像我学日语英语，有的学会计与统计，有的学法律知识，有的小孩子补课或者弹琴，许多人都在为自己的未来，为自己理想的生活而努力。

拼搏的人不止我一个。

晴谷未来的岳父尤老板便是其中的一个。

上个月，他请我参观他座落在相城北桥的工厂，他的工厂是一个老牌村办企业，专业生产金粉，已有三十多年历史，十几年前转制，归尤老板所有了。

所以，看上去厂房有些陈旧。

尤老板解释说，那些低矮的厂房是集体时代造的，这些标准厂房才是我这几年陆续造的，本来想把前面一幢楼房拆掉，重新建造一幢高楼，但上级不允许，我托了一些关系，仍然没有得到批准。

我说，以前拿地造厂房比较方便，那是政府鼓励你投资创业的，现在政府控制土地出让，所以像我们这种空布袋下米的人再拿地建造厂房的机会几乎没有了。

尤老板领我去看他的机密车间，平常这个车间是不给别人看的，整个屋子里都是像火箭筒的滚筒横躺在那里。他告诉我，这些就是磨金粉的机器，这些机器应该说是国内最先进的，这些机器大约有四千多万元。

我问，这些机器要多少人看管呢？

尤老板说，看管机器只要一二个人即可，都是自动化生产，不过后期负责的人有十几个员工，他们主要是负责称重与包装。

他说得如此轻描淡写，好像所有的苦难没有发生一样。

晴谷的女友告诉我：我爸爸刚接手这个工厂时，别人说他搞不成厂的，他们要看我爸爸的笑话，我爸爸夜里抱着被子痛哭了一场，第二天他眼睛通红又来到了厂里。从那时开始，他就吃住在厂里，他下决心非得把工厂办好不可，那个金粉的配方都是我爸爸自己研究出来的，他每天要过夜里十二点才睡觉，有时一夜在车间忙碌不睡觉。

有好几个朋友告诉我，尤老板是个吃苦耐劳的老板，他从来不在外面吃喝玩乐，每天夜里泡在车间与实践室里，真是千辛万苦，真是一个只会挣钱不会享受的人。

尤老板笑一笑，说：我夜里呆在厂里，别人以为我很辛苦，其实当你研究出一个成果，你自己并不觉得累的。

最后发现，尤老板与我一样，我们享受的并不是荣华富贵，而是一丝不苟的工作啊！

寻找自己的依靠

有一句老话叫"靠山吃山，靠水吃水"。

那么，我们又靠什么谋生？

我的渭塘工厂一直从事五金冲压件、注塑件的加工与生产，这十几年来，我一直在寻找工厂的依靠与支柱。我明白，一个工厂没有好的客户，没有好的依靠，要想生存是一个问题。

记得 2003 年，我得知日本南星会社欲在苏州设立分公司，我觉得我的依靠出现了，当南星会社搬过来的机器没地方摆放时，我主动提出，就把那些机器放在我的工厂里吧。南星会社要付我房租，我说只要有业务给我做就好了。我的真诚赢得了他们的信任，他们把第一台机器摆放在我的车间里，当时他们派来三个日本人，还有十几个员工蹲在我厂里搞研发，趁这个机会我与他们建立了非常好的关系，一年后他们在苏州园区的工厂建立起来了，他们把摆放在我厂里的机器搬过去，而我的工厂便成了他们的一个供应商，如今一晃十几年过去了，他们换了许多供应商，就是我岿然不动。因为当时我没收他们一分房租，连电费与十几个员工的搭伙费也一分没收。

开厂伊始，在我工厂还很弱小的时候，我就让自己的工厂通过了ISO9001质量体系认证，在此基础上我的工厂又通过了QS16949国际认证，因为你要与汽车厂家配套，就是做他们的供应商，就必须有上述两张通行证。通过十几年我与我团队的不懈努力，现在我的工厂终于成为威巴克、住理工、松下电器等知名企业的供应商。

有了这些大企业作靠山，你就能"草船借箭"，扬帆起航。

尤其是晴谷加入我这个团队后，让我的工厂更上一个新的台阶，从此有了新的飞跃。他一来，在他的建议下，我就花几百万元购进一批台湾技术的金丰冲床，还买了三座标、投影仪等尖端的检测设备，让我的工厂大变模样，看上去像那么一回事了。我打算这几年把原有的旧机床全部淘汰掉，不说技术有多尖端，看看心里也舒服嘛。

晴谷做事像我，有魄力，也很果断。他请一位大学同学过来，做技术开发，还请一位大学生负责质量这一块，他正在建立一支强大的团队，这也正是我多年来的一个愿望，我当初实现不了的愿望，现在有他，一个又一个在实现了。

这两年许多工厂受金融危机的影响故生产不景气，但我的工厂好像比以往还要好一些，因为这几年我们开发了好多汽车零部件的新品，这些新品开始陆续投入批量生产了，如果没有这些新品的启动，那我的工厂也就是"半天开门，半天关门"那个样子。

所以说，成功是给有准备的人，经过多年的求索，我觉得这话千真万确。

今天有没有人也像我这样在苦苦地思索，苦苦地追求呢？如果有，他会和我一样，一步又一步地接近目的地，就是一个脚印又一个脚印地接近前方。

所以，那种及时行乐，得过且过的想法要不得！人生，是个拼搏的过程，只有努力向前，你才有机会看到更远的风景啊！

人生的红绿灯

记得 2006 年夏季，我去日本参加为期半个月的东京物流展，顺便去我的客户南星株式会社作客。南星株式会社在东京乡下，横崛部长领我在工厂与附近看看，经过几个十字路口，我发现那红绿灯并不会显示，都是横崛部长自己按了绿灯，我们才快速通过。

我有点纳闷便问翻译，这个红绿灯怎么不自己显示，而是需要自己去按？

翻译对我说："日本农村这样的红绿灯很普遍，在十字路口你想通过，你就按绿灯，你想让对方先通过，那你就给自己按下红灯。"

我终于明白，日本农村这些安装在马路上的红绿灯，原来控制的权利就在行人自己，你想通过就按绿灯，你不想通过就按红灯，面对十字路口，你通过或者不通过，权利不是在别人手里，而是完全在你自己手里。

于是，我想到了人生。

人生的路啊，也就像是你在过马路，你会遇到绿灯，也会遇到红灯，当红灯的时候，你就只能停止在那个地方等候，一旦前行就闯红灯了，由此有可能造成一次交通事故，而绿灯的时候，你便可以放心地一路畅行。而日本农村的红绿灯则由你自己操纵，你想绿灯长一些也可以，你就将绿灯的时间设置得长一些，或者你什么时候不想通过马路，你就给自己一个红灯，一连给自己 N 个红灯也是可以的，你也可以利用红灯等候的机会稍作休息。

许多年以后，我仍然想，日本乡下的红绿灯蕴含着一个很深的道理，就是你得自己控制好红灯与绿灯，什么时候可以通过，什么时候不可以通过，这个红绿灯你自己一定要把握好，不可混乱，否则也要出现人生的"交通事故"。

我的人生是我自己的，我不会让别人来控制我，我明白只有驾驭好自己的言行，才能在风起云涌面前岿然不动，才能成就自己美满的生活。

我喜欢一首诗，一个人风里雨里要走好，一定要走好！

我喜欢，我现在的样子

读到一位作家的文章，他说写作是最迷人的生活方式。

这句话我赞同。

我现在也写作，一直在写，所以，我喜欢我现在的样子，因为这是最迷人的生活方式啊。

我是苏州渭塘人，渭塘这个地方全国是很有名气的，因为渭塘有个全国最大的珍珠城。作为渭塘人，我很想为渭塘做点什么，为渭塘建设添砖加瓦。我自小知道渭塘清朝年代出了一个小天子，他就是渔民徐少蓬，这个人物历史上没有多少记载，但民间传说很多，倘若我再不写他，他的许多传说便淹没在历史的尘埃里了。

写好这一部长篇小说《江南小天子》，忽然我来了一个灵感，明朝年代渭塘还出了一个才子，他就是刘珏，据传宣德中，苏州知府况钟举为吏，不就，得补生员，正统三年（1438）中举人，授刑部主事，迁山西按察司金事，年五十弃官归故里，卒年六十三。我写长篇小说《山水刘珏》时突然发现，这个珏便是宝玉，便是珍珠，可见渭塘珍珠真是历史悠久。我把刘珏的一生以小说的形式展现出来，如果以人物传记形式写他，史料也实在少得可怜。如果说徐少蘧是玩坏的形象示人，那么刘珏便是以清官示人，把刘珏的故事写出来，对现在为官者来讲也有警示作用吧。

长篇小说《莲花船》写的是解放战争期间渭塘几个共产党人的故事，许阿根、吕文忠、周明、周维新等这些共产党员都是真实的，但我也进行了艺术的再加工，尤其是重点写了许阿根从一个穷苦农民成长为一个抗日英雄的故事。

为了让作品有感召力，我将"交通船"改成了现在的"莲花船"。那些抗日英雄的鲜血流在这一片土地上，他们的鲜血没有白流，在茫茫的岁月里开成了一朵美丽的莲花。

我想，我把渭塘这几个历史人物写出来，也是对故乡的一种深爱吧。

有一位评论家恭维我道，你这三部作品写的真是深入人心，因为你熟悉渭塘的历史，你热爱着你的家乡。

我喜欢他的评论，因为我确实深爱着我的家乡。而写作的灵感，就是在家乡这一天天的成长与生活带给我的呀，所以，写作来源于日常，这句话，我信。因为我是每天在生活之中，因为我的作品，就是我的生活。

第一次就要做好

近日连续暴雨，下得人的心里阴沉沉的，这种感觉让人好像愉快不起来似的。加上昨天午后我渭塘厂里出了一件工伤，以至我的心情低落到极点，本来我晚上睡觉时间就不长，这几天会更睡觉不着了。

想想自己办厂十几年，一路走来真的是不容易。刚办厂时，为了省钱，我就吃住在车间里，有个夜里，我骑摩托在工地被石子滑倒了，手一抹一脸的血，我打电话给妻子，我说我毁容了，妻子急忙赶来，把我送去医院，结果我的嘴巴缝了好几针。

不说了，不说了，好汉不提当年勇。

这里，我想说说关于安全的事情。

你要办厂，就得重视安全工作。当初阳澄湖招商中心领导让我把那个家具厂搬走，对此我还愤愤不平，现在回想起来，他们是对的，是真心关心我们的，如果那个家具厂一旦发生火灾，那后果不堪设想，我所谓的事业也就完了。

我在建造阳澄湖厂房时，由于考虑不周，电梯数量设置 3 个太少了。

比如当初建造办公楼时，妻子向我提出，办公楼也装一个电梯，我说，我哪有钱？我否定了她的想法。后来事实证明，她的想法是对的，她是一个见多识广的人。可是为时已晚，当初那个电梯框可以包含在建筑工程里，但现在得自己花钱另起炉灶了，这是一件很麻烦的事。

后来，厂房要出租。

后来，承租人提出要装电梯。我测算了一下，装一个电梯框就要十几万元，一部电梯也要十几万元，加起来二三十万元，这是一笔不小的支出，而装一部升降机可以搭简易棚，升降机也不贵，一部才五万多元，所以我一拍脑袋就决定装升降机，那次我一共装了两台升降机，一台办公楼，一台生产车间。

没过多久，生产车间的那部升降机就出现了故障。因为超重，致使升降臂断裂，平台也变形了，修复的话还不如买一部新的。当时我看了那个场面，心里不是滋味，万一出现人员伤害，那真是人命关天的事情。

正好阳澄湖镇来我公司安全检查，有关领导对我说，你对自己太不负责，这个升降机是很危险的，你拿得出这个升降机的安全执照吗？如果出现人员伤亡，你是要吃官司的，马上拆掉。

我意识到了问题的严重性。

没几天，我就把这两台升降机拆了，卖废铁才不到五千元，就这样十几万元被我丢在阳澄湖里了。

后来，我找正规的电梯公司，又花了将近五十万元装了两部室外货梯，那货梯才十几万元一部，搭建外面的电梯房竟然比电梯还贵，而原来升降机搭的房只能拆去了。

这是一个深刻的教训，让我损失了好几十万元。

现在我明白了，第一次就要把事情做好。否则，一旦问题出来，或者存在问题隐患，就是不堪设想的后果。

无论做什么事情，记得，别投机取巧，尽自己最大的努力去做。

还不如快刀斩乱麻

小时候，我父亲是大队书记。有一次，父亲有两个手下人瞒着父亲用大队鱼塘的鱼换了一船木头，这一船木头被他俩私分了，结果此事被公社发现了，父亲便向公社作了一份检查，理由是对手下人管教不严，保证下不为例。

做事就得当机立断。

记得2007年，我建造阳澄湖的厂房时，回填泥土是一个大事情，因为那块地原来是一个鱼塘，故需要大量的泥土回填。而我干爹的大儿子是泥匠，他说与一个外地人在搞回填泥土的工程，他找到我要求做这个回填泥土的工程。

看在干爹的面子上，我就把这个工程交给了他们。

当然，我们草拟了一份合同，他们要用一个拖拉机作为计算单位，我没答应，我觉得如果他们一个拖拉机装半拖拉机泥土，那你拿他们也没有什么办法，所以我提出以实际回填泥土的土方为计算单位。

他们开始不同意，我也坚持自己的主张。

他们为了做我的生意，后来就改变了主意，同意按我的方式结算了。

他们提出先要预付款，我就付了5万元给他们。

他们一下子叫了10多部拖拉机，整个工地就是拖拉机的海洋。

我看见有许多拖拉机只装了半车的泥土，但因为我与他们是按实际回填的土方结算的，所以我并没当它一回事儿。

什么时代都有这样偷工减料的人，他们的拖拉机少装泥土，拖拉机负载就轻，或许也能省点柴油，他们的眼里只有他们自己的一点微小利益，而把其他人的利益抛在脑后了。

过了几天，外地人找到我，开口就向我要15万元。

我很惊讶，你们回填了屁股大那么一块地，怎么需要那么多钱呢？

外地人说，还不止20万元的。

于是，我与他们去实地测量，按照实际土方结算还不满10万元。

外地人说，你这样算不行的。

我说，我们有订立的合同啊。

干哥说，兄弟，这个我可以证明，这一块地就回填了20多万元，如果你这样算，我们真的要赔光人家了。

我想，如果照他们这样回填泥土，我这一个回填泥土工程两三百万元也搞不好的，他们不是做大事的人，他们一是没有大型货车，二是不会管理，三是没有自有资金等等，于是我就提出中止合同。

外地人说，那这20万元你一分也不能少。

我叹口气，觉得与其让他们继续做，还不如快刀斩乱麻。

我付了他们20万元。

至今我仍然觉得这是我一个明智的选择，仅此一项我至少节省了几十万元不止吧。

学会借力

有人问我，你办厂成功的窍门是什么？

我想了想对他说，学会借力这一条很重要。

十几年前，我是白手起家，要什么没什么。而我选择的行业是冲压件。如果自己成立模具车间，这是不可能的，当时的经济条件与工厂规模都跟不上。但如果叫别人开模具的话，一是时间不能保证，二是质量也保证不了。权衡下来，我就想到了借力。

附近有个制造模具的师傅，他在别人车间租了一角的厂房在从事冲压件模具制作。

我想把他借过来。

我问他，你一年付人家房租是多少？

他说，万把块。

我说，这样吧，我给你免费厂房，你把机器搬到我厂里来吧。

他见我开出的优惠条件，便很快把机器搬了过来，而我还免费给他的几个员工提供工作服，并对外宣布，我有模具车间了。如果有客户过来，我便领他们去看看这个模具车间。

这就是借劳力、借名气也。

还有，我接到了国外一种塑料盒子的订单，但我自己的注塑机吨位小，只能做小的塑料盒子。如果大的塑料盒子不做下来的话，那个小塑料盒子也不可能让我做。那么，怎么办呢？我便想到了附近有一家注塑公司，他们有几台吨位大的注塑机，叫他们做大的塑料盒子，以后我的实力雄厚了，也可以添置吨位大的注塑机的，到时便可自己做大的塑料盒子了。

不过，此事并不顺利。

那家注塑公司比我的工厂规模大，所以有点不把我放在眼里，我下达的生产任务，总是不能按时完成，这样我也无法向我的客户交代，最后我只好重新寻找新的注塑公司。

说白了，这就是借地盘、借设备为我所用。

现在我已拥有了那个大的注塑机，那个塑料盒子也为我自己做了，我就是这样一步又一步地向前走的！

有人说，智者当借力而行。

我与智者相差甚远，但我也觉得人生成功的"捷径"，就是将别人的长处最大限度地变为己用。

请记住这个历史故事：汉高祖刘邦，带兵打仗，不如韩信；运筹帷幄、决胜千里，不如张良；治国安邦，不如萧何。真本事没有一项比过别人，但他照样获得了成功，正如韩信所说："我会带兵，但高祖会领将。"

诸位看官，你能读到我这些短文，也是很幸运的，你也可以从我身上借力，借我的沉淀、积累、勤奋与孜孜不倦的奋斗之力呵！

有一句话，借别人之力，扬自己之威。

祝你成功！我想，努力向前走的人，都会到达或者接近自己的目的地！

我也做过蚀本的事

我在阳澄湖的厂房建造好后刚好遇到百年不遇的金融危机，除了通达公司租我几千平方米的厂房外，其他一个平方米的厂房都租不出去。妻子说，这说明什么呢？说明你做事草莽，还有运气不好。

我得承认，成者为王，败者为寇。

当时，阳澄湖镇政府有一条规定，各公司的厂房不得出租给家具企业。当然，这个规定对不对，我不想去探讨，但既然这是政府的决定，我们就得自觉执行。

但我好像有点病急乱投医。

当时，我竟然将三楼两千多平方米的厂房租给了几个外地人，他们就是做木床与木沙发之类的。本来讲好他们是做家具仓库，存放家具，不能在这里搞生产，但他们租到厂房后却是另一番样子，买回好多机器，开始生产家具，整个楼面堆放得乱七八糟，还有机声隆隆，灰尘飞扬。

镇里发现此事，有关领导非常恼火，叫我中止出租，让这个家具公司搬走。

我感觉事态严重，于是找到这几个外地人，有外地人对我说，我们与工商局关系挺好的，这个你不用担心。

我说，你们没有营业执照，工商局处罚下来怎么办？

他们说，不会的，我们在工商局里有哥们。

总之，他们不愿意搬走。

镇招商领导对我说，如果那家具厂再不搬走，叫工商局查处。这下，我感觉到事态的严重性，便找到那几个外地人，对他们说你们必须马上搬走，不然被工商局查到，你我双方都没有什么好处。这回，他们不再说认得工商局领导，而是改口说，我们签了一年合同，这个合同还没有到期，如果你要我们走，我们可以走，但你得退回我们的房租。

当时，我收了他们半年房租12万元，这个半年时间已过去了，我怎么可以退回这个房租呢？

我没退房租，他们就是赖着不走，事情就是这样的。

我已铁了心赶走他们，所以下半年的房租都没有收。

结果工商局稽查大队真的来了，因为这家家具厂没有营业执照，我出租给这样的企业属于违法经营，所以工商局决定没收我的房租12万元，说这是违法所得，还给予罚款两千元。

我只好接受处罚。

后来，因为工商局的介入，没多久这家家具企业搬走了。

现在你们知道了，我的新厂房两千多平方米被他们白白用了十个月，糟蹋得不成样子，我一分钱没赚到，还被罚款两千元，七千多元电费也没有收到，真是应验了一句老话：偷鸡不成蚀把米。

所以，做事还是老老实的好，不要投机取巧，更不要与政府唱反调儿。

得饶人处且饶人

我有时会被别人的眼泪弄得教养全无。

2008 年一场金融危机袭来，而我在阳澄湖的两万多平方米的厂房已建造好了，万事俱备只欠东风，就是没人来租厂房，当时我的心情可想而知，因为这三千万元的投资款，几乎都是我借过来的。后来经一家中介公司介绍，有个湖南人要来租我两千多平方的厂房，他说是生产钢化玻璃的。他问，你的配电盘有多大？我说，250KVA，他说至少需要500KVA 吧。为了让他落户，我说，只要你生产需要，我愿意将配电盘增容。

为了配电增容，我花去 20 多万元。

我与湖南人签订了租房三年的合同，且给了他三个月的免租期。

第一年，他的钢化玻璃生意还好，因为附近钢化玻璃厂家还不多。

第二年，钢化玻璃厂如雨后春笋冒出来许多，他的生意就流失了许多，到下半年他不仅房租付不出，甚至连电费也不能正常支付了，要我盯着催要好久，他才将电费付给我。

我知道他的工厂要倒闭了。

第二年的 5 月，他就提出，要缩小生产规模，要把工厂搬回湖南老家去。

我说，你要搬走，我不拦你，但有两件事情，你得对我有所交代。

他说，有哪两件事？

我说，一件事是你提前中止合同，所以我给你的三个月免租期要收回，每个月 2 万元，总计 6 万元你得付我。还有一件事，这个配电盘因为你的生产需要才增容，花费了 20 多万元，这个你得付给我。

他没有征得我的同意就开始搬机器，我十分恼火，关照保安关上大门，在他没付我上面这些钱之前，一台机器也不能让他搬走，或许这些机器与玻璃还能抵一些钱哩。

湖南人讲好的卡车就被挡在了厂门之外。

保安打我电话，说那个湖南人在哭，问我要不要让他搬机器？

我说，我马上过去。

我到了那里，看见那个湖南人坐在地上，他见了我又大哭不止。

我说，你哭做什么？

他说，我付不出你的钱，那我就只好把这些机器留在你这里了，我也没有其他办法。

男儿有泪不轻弹，不到困苦的时候，作为一个男人是哭不出来的，比如我是不会在别人面前随便哭的。

算了，得饶人处且饶人，就给他一条出路吧。最后，我没要他一分钱，让他把机器与玻璃全部搬走了。

我想，即使我再苦也不能把别人逼上绝路。

关于"香车美人"

这是一个很矫情的题目。

其实，我只是一个讲究实际的男人，关于车子只要能开就行了，至于是什么名车与不名车，我觉得没有什么关系。我是2002年自己办厂，做老板后真的感到需要有一部车子，但当时我的手头经济很紧张，到处需要用钱，所以那时的情况并不允许我买车子，当时我想如果我要买车子的话，理所当然是买货车，反正我不会买什么名车。

我一直开着一部南方摩托车，那车子马力很足，就是声音很响，对于身旁疾飞驰骋的小车，我觉得自己骑摩托也是雄赳赳气昂昂，至少说我是一个有追求的人，我相信只要我这样努力，总有一天我也会拥有自己的"香车美人"吧。

到了2006年我仍是骑摩托，有一天我骑摩托去阳澄湖镇，我想去买地，我想去阳澄湖投资创业。

车子是不是一个人的身价呢？我看他们真是很看重别人车子。阳澄湖镇招商的领导对我说，好像来买地的都是开车子过来的，骑摩托过来买地好像我还没有见过。他的言下之意，就是你？买得起土地吗？要几百几千万元的投资，你拿得出来吗？我拍着胸脯对他说，这个你相信我，买几十亩地没问题，至于那个钱在哪里，我还不知道呢？

2007年春节过后，厂里有个车间主任买了一部小车，厂里有的员工看见我仍是骑摩托，对我说，老板你那么有钱，为什么还不买小车呢？我对他们说，我债台高筑，没有钱买车啊？他们说，老板怎么会没有钱呢，说我们员工没有钱还差不多啊。

那年的7月，有一天我骑摩托去阳澄湖工地（我真的在阳澄湖买到土地了），回来时摩托前轮胎突然爆裂，我被甩了出去，结果双手撑在水泥公路上，手心满是血。妻子对我说，你就买部小车吧，厂里生产的确需要一部车子。我想了想说，买小车还不如买面包车，有时面包车可以视作货车，送一些轻便的货物。妻子很赞同我的想法，就在那一年我花12万元买了一部风行面包车。我是一个骑摩托车的人，如今有车子开了，我真的感到心满意足。

知足常乐啊，心态很重要，要是我硬和别人比，比如和我的那个车间主任比车子，那我不是就郁郁寡欢了么？！

我可以自己开便宜的车子，但儿子的车，我却想给他买档次好一点的车子。五年前，儿子大学毕业，妻子说儿子在苏州新区上班，没有车子不方便就买一部小车吧，她主张买一部二十多万元的车子。儿子看中了凯迪拉克，车子的价格在五十万元，我非常支持他买这部车子，但妻子不同意，她说你手头那么紧，等以后有钱了可以给儿子买好些的车子。我不听她的劝告，还是支持儿子买了一部凯迪拉克。

老同学陆小龙对我说，你自己开破旧的面包车，而给儿子买豪车，你真是自己不会享受啊！我对他说，儿子开好一点的车子，我做父亲的应该也有面子的吧。

现在还有人经常劝我，你资产上亿怎么还开这种破车呢？我回答他们，这一部车子陪我走过十年的艰苦岁月，我与它结下了深厚的情意，我不想丢弃它。还有一个最真切的想法，儿子以后肯定是要换一部更好的小车，那这一部凯迪拉克怎么办呢？那就让我开吧，这也做到了不浪费吧。

晴谷说，我不会换车的。我说，我也不会换车的。现在我们父子俩在较这个劲儿，不知道谁输谁赢呢？前几天，我与晴谷的女友父母亲见面了，其女友的母亲一句话让我挺感动的，她对我说，你开这样的车子福报好啊！

原来是这样啊，看来我坚持开面包车，为晴谷找对象加分了哩！是啊，我们这个时代里的许多人生故事，都发生"在路上"。

我们在路上。

我就是那一只墙外的苹果

感激蔑视你的人，因为他觉醒了你的自尊。

所以我得感激蔑视我的人，是他们以另一种方式激励我努力地拼搏。

1988 年左右，我在乡办蛇皮厂做出纳，老板是个蛇农，他识字不多，自恃有钱，在我面前趾高气昂的样子。

有一天，我跟着他去邻乡一家厂收蛇皮，对方厂长请我们吃饭，我刚在饭店坐下，蛇农老板对我说，又没叫你吃饭，你好意思坐在这里吗？我真是无地自容。这个蛇农老板为了赶走我，他可以安排亲信做出纳会计，这样他可以将集体的财产占为己有，所以他千方百计排挤我，但我当时很理直气壮的样子，因为自己当了 5 年兵才捞到这个职业，如果我放弃它，就觉得 5 年兵就白当了。

蛇农老板勾结司机，竟然污蔑我涂改发票，他还恶人先告状，把我告状到乡工业公司，让我的身心受到了极大的伤害。后来，我的阿舅向我伸出有力的双手，他叫我去他的工厂跑供销，我这才脱离了那个苦海，从此我的人生才有了灿烂的开始。

再说一个蔑视我的事。

2002 年 9 月我自己出来开厂了，当时我的规模很小，只有十几台机器，十来个员工，但我的眼光看得很远，因为我瞄准了汽车减震器零部件，我觉得未来的汽车零部件必定有广阔的市场。

但是村里有个老板对我很不高兴了，他也是在做这个汽车零部件，而且规模做得已经蛮大了。那年村里召开年底工业会议，这个老板竟然当着村里几十号老板的面，在我面前拍桌子道：我叫你的厂说关就关。他说我挖他的技术工人。我非常惊讶，因为我从来没有挖过他的技术工人。他财大气粗，呼风唤雨，我只能选择忍气吞声，悄悄地走出会议室。

可我做梦也没想到，春节过后他把我的技术工人、检验员，甚至我的助理全部挖走了，让我有山崩地裂的感觉。这是我感觉最愤怒的一次。所以，当时我在日记本上写下了这么一句话：今生我的事业超不过你，我要让我的儿子接着干，总有一天我要超过你！

我知道，那些生长在墙外的苹果，经历了更多的风雨和磨难，它们可能卑微，可能丝毫引不起人们的注意，但是只要它们能坚持到成熟的那一天，那么它们一定会比墙内的苹果更香甜，一定会成为世间最甜美的果实。

现在你们知道，我就是那一只墙外的苹果。

你有没有超前意识

早晨上网看到网友丛中笑的空间转摘陈安之一篇文章叫《亿万富翁成功的六大要素》，文章不长，我转摘如下：

1. 野心。对成功有巨大的渴望，而且永远不满足现状。
2. 远见。能看到并能把握住未来五年十年的发展趋势。
3. 格局。能屈能伸，愿意与他人分享利益，共享成果。
4. 决心。驱动力、执行力、坚毅力是迈向成功的三驾马车。
5. 能力。把握时机，创造运气，整合和利用一切资源。
6. 坚持。拒绝多方诱惑，经历各种磨难，但从不轻言放弃。

其他我不想说，我觉得我今天能够成为亿万富翁，最重要的一个因素就是远见。

十年前，我觉得土地会增值，因为土地是不可再生资源，而且土地又是受国家控制的，这些因素考虑下来，所以当初我做了这个惊人之举，借款两三千万元在阳澄湖投资买地建造厂房。现在你们也知道了，我这个投资获得了成功，当初投资的两三千万元翻了几倍吧，尤其是现在国家控制土地买卖了，如果你没有特大的项目，你想拿地却一分也拿不到，所谓特大项目，就是你手头有现款几亿元。问问自己，谁手头有几亿元啊，所以现在这一扇成功的大门已经为想努力又缺乏资金的人永远关上了。

有人会问，那么现在想成为亿万富翁，你又有如何的真知灼见呢？

我有的。

我可以对你说。

比如为了积累第一桶金，十几年前我就开办了一家冲压件厂，因为我什么都不会做，就是说没有什么特长，所以我只好选择做传统的制造业开始创业，像这种行业你想成为亿万富翁有点难，但只要你孜孜不倦地努力，也是可以接近亿万富翁的吧。人啊，你只要不放弃，你只要努力地往前走，你总是可以接近你的那个目标的。

但这种传统制造业以后会越来越难做，原因很多，比如机器淘汰很快，像韩国、日本、德国等做这个制造业都是自动化生产了，你一张铁板进去，经过自动化流水线，一个零件就自动形成了，还有以后劳动力成本会不断增加，一般的制造业又如何承受呢？这两条就会制约制造业的发展，制造业的前途则是十分的暗淡，所以仍想从事这个行业，就必须淘汰陈旧的机器，引进世界一流的机器，引进世界一流的生产与管理技术。

这简直是天方夜谭。

我对晴谷说，这个冲压件不是一劳永逸的，以后找准机会就要转行，重要的是现在我们要积累丰富的资源，还有你可以多跑跑国外，看看哪个项目先进，国内紧缺的，或者国内没有的，我们可以做些研发，以后我们实力强大了，也可以自己搞些研发的东西。短暂而偶然的生命里，我们为什么要墨守成规，为什么要把积累财富作为人生目标呢？我们可以做些有意义的事情，可以做一个与众不同的人！

我对晴谷说，老爸费尽心思才成了亿元富翁，你的目标应该是十亿元百亿元富翁才是啊！正像陈安之所说的那样，把握时机，创造运气，整合和利用一切资源。

还有一句话，你得记住它：成功是给有准备的人的！

同时，我们都可以问问自己，你有没有超前意识？世界形势与科学技术发展迅猛，你的思想准备好了吗？

好男人不怕苦

记得几年前我写过一首诗《好男人是一部摩托》，大致意思就是好男人是一部摩托，风里来雨里去，不怕苦不怕累……嘿嘿，写这一首诗，我肯定是在开摩托，现在我不开摩托了，所以我也不说好男人是一部摩托了。但好男人不怕苦不怕累，还是一定要有的。

我是一个在苦水里泡大的人。十三岁就做牛倌，替祖父看牛，祖父有哮喘病，一到冬天就不能出门，那个漫长又寒冷的冬季，生产队几头水牛就是我去看管的。记得那个牛棚在一个坟地，而我天不亮就要去放牛水，一个是清理牛棚，二个是将牛拉到河滩，让它们喝水，三个是给牛槽里加稻柴。做好这些事情后，我就直接去学校读书。那年冬季雪下得特别大，路上积雪没过膝盖，我的手与脚都生了冻疮，脚上的冻疮那烂肉都掉了，但我从来没在父母亲面前说一声苦，因为我知道，辛苦我一人，祖父就有工分可得，至少可以为家里增加一点收入吧。

十八岁我当兵，那个苦这里就不说了。青春所受的所有的苦，都不是真正的苦，是为你若干年以后的生活积累了丰富的源动力，是你一生享不尽的财富，这是我的感觉，回想所有的苦难就好像享受苦难一样。

我的一生最苦的还是我在创业这几年。2002年9月，我自己出来开厂了，那年我向村里拿了11亩地就开始造厂房，那个冬天下了一场大雪，我的厂房正在建造之中，全部被大雪覆盖，就像大雪覆盖在我的身上啊。父亲来到工地，对我说："房子不会垮吧。"我对父亲说："没事，你不用担心。"可是我自己担心啊，那一阵我真的失眠了，一般来讲，诗人都是喜欢雪的，而从此雪在我的心里就是灾害，一点诗情画意也没有了。

2008年奥运火炬传递到苏州的那一天，我的正翔工厂发生了一起伤害事故，有个年轻的男工在操作冲床时，不慎两只手被压着，有6个手指头被压断了。我看到那个场面，双腿都发软而站立不起，但我脑子没有迟钝，当即发动汽车将他往苏州手外科医院送，我不知道他的手指能不能接上，我不知道怎么面对他的父母亲，我不知道我自己怎么捱过这个苦难的日子。这次事件，让我的脑子受到了惊吓，从此我落下了双腿发软的毛病，比如开车遇到红绿灯，哎哟，我的脚踩刹车都感觉软绵绵的。

好男人不说苦。

好男人不怕苦。

你若要做一个大写的男人，那你就迎着困难上吧，天塌下来，我顶起来，这就是一个好男人的英雄气概！我不说我是一个好男人，只是我想做这样一个男人，扛起苦难，迎接挑战，不断进取，让自己的人生越来越完美！

惟其坚持，才有成功

2002 年 9 月，我跳槽出来自己办起了正翔压延，当时我没选择做铝铸件，而是选择了做冲压件与注塑件，就是不想做阿舅同一行业，以避抢他饭碗之嫌，他是做铝铸件的，他的产业做得非常之大。

癞蛤蟆想吃天鹅肉，当时我一无技术，二无好的设备，却想做"无锡中策"的供应商，这家公司是江南最大的汽车减震器生产厂家，所以我向阿舅开口，你能不能把这家公司的几个冲压件给我做，这样我就可以直接打入那家公司了。

阿舅没说什么，就把这几个冲压件给了我，因为我是跑供销，我与对方公司基层人员都很熟悉，他们就把我的工厂纳入了供应商名录，这让我喜出望外。

这事被他们的老总知道了，他却不同意这么做，有人告诉我，他在中层会议上说：小苏州就几台小冲床，没有什么体系，这样的零件你们也敢用吗？如果送到主机厂出了问题，这个责任谁能担当？

他说的小苏州就是我。仅仅两三个月，我就被他一脚踢了出来。只是想一想，他说的话千真万确，如果我的产品出了质量问题，主机厂索赔的话，我拿什么东西赔给人家呢？

我很低落，我抢到的饭碗又丢掉了。毕竟老总我也认识，他还是给我留了一条后路，允许我的零件以我阿舅公司的名义供货，而不是以"苏州正翔"的抬头供货，他这样做，没有把我心中的希望之火浇灭，让我到了悬崖之上，还有一点希望的生机。

惟其坚持，才有成功。

我想，只有自己练好内功，好好把自己的工厂办好，以后实力强大了，总有那么一天，这一扇大门会为我打开。我对自己说，只要自己不泄气，只要自己不停地行走，曙光就在前头。

后来，我加入了无锡另一家汽车减震器公司，但我的目标仍然想加入无锡中策。

后来，我的工厂通过了 ISO9001 认证，还通过了 QS16949 认证。

后来，我拥有了一批高端的金丰冲床，还添置了先端的三座标、投影仪等检测设备。

直到 2013 年，我破冰成功，终于成为无锡中策的一个冲压件供应商，而此时这家公司已不再叫无锡中策了，已是一家跨国的大公司，年销售额达十亿多元，是国内最大的减震器生产基地。接着，我又成为这家公司英国、上海、烟台分公司的供应商。

这是我认为自己的一生最了不起的一件事。因为加入这家公司，晴谷大学毕业后才愿意来我的工厂接班，如果没有这样出类拔萃的客户，晴谷是看不上我的这个工厂。

也就是这样的大客户把我的儿子培养起来，他们先进的管理经验，真是他成长最需要的源泉。

现在你们知道了，我用十几年的时间努力追求着这一个目标，现在我终于如愿以偿，同时此事也传递给晴谷一个启示，那就是坚持你的梦想，坚持便是你孜孜不倦的追求，坚持便是你长长久久的美丽！

逆流而上

　　有一种鲫鱼，它有一种本事，就是逆流而上。我自小就知道鲫鱼有这一种习性，所以常拿一口网布置在沟渠之口，沟渠里的水哗哗地流着，那下游的鲫鱼就会逆流而上，它就这样自投罗网了。

　　于人而言，又何尝不是如此？为了未来的前途，有时候要识时务为俊杰，有时候要顺流而下，有时候也要逆流而上。当然，我现在是不会再去捕鱼了。只是鲫鱼的这一种习性仍然在提醒着我呐。

　　前几天，我遇见渭塘酒家老总顾彩芳，她也是一个文学爱好者。我问道："渭塘酒家渭塘店现在关门了，你们在渭塘会不会再开渭塘酒家啊？"

　　她肯定地说："会的。"

　　我听了，还有一点疑问。

　　她接着对我说："如果不开饭店的话，我们酒家那么多厨师，那么多员工怎么办？还有，每年要给员工增加工资与福利，所以只能把饭店做得更大一些，这样才能留住他们吧。"

她明白，不进则退，只好这样背水一战了。告诉你，渭塘酒家现在开了分店好多家，就是这样不断开拓，不断发展壮大起来的，真的很不容易。

你知道，我们渭塘不仅是珍珠之乡，还是塑料之乡，因为有个塑料龙头企业苏万隆，所以渭塘有注塑企业二三百家，但这几年注塑行业不景气，所以在渭塘有不少注塑厂只好选择倒闭。

而我却是反其道而行之。原来我有一个两千多平方米的车间是出租的，一年租费与电费收入也有五十多万元吧。晴谷说，出租还不如自己做。所以，我没有关闭自己的注塑车间，而是将这个出租的车间要了回来，还投资两百多万元添置了9台新的注塑机。因为有了这个新的车间，有家德国公司来我厂考察，当即把一只年产量百万件的尼龙件指定我们生产，现在这一只产品已经进入大批量生产，我觉得扩建这个注塑车间也就算是成功的。

成功之时，别忘了提醒自己，前面也许会是惊涛骇浪；失败之时，也别忘了告诉自己，前面可能就是风平浪静。

人生要设想一下未来

2008 年，是我人生经历最糟糕的一年，那年世界金融危机暴发，由此也波及到了我，因为我在阳澄湖建造好的两万多平方米厂房大部分都租不出去。建造厂房的那些钱都是我向亲朋好友借过来的，那可不是一笔小数目，而是近三千多万元啊，其借款利息也是一笔可观的数字。

为此妻子焦急万分，有一天凌晨 2 时，她突然叫醒我，她说要看我的帐本，我说天那么黑，等白天吧。她说不行，就这样我们去工厂看帐本，好在我以前做过出纳会计，帐本做得清清楚楚。

但我理解妻子的心情，她怕我把借来的钱都投到阳澄湖里去了。我对妻子说，这个你请放心，儿子姓我的姓，我不会做对不起儿子的事，而且我一定要让儿子幸福！

妻子听了我的话，突然苦涩地笑了："你是没事找事，不知道哪一天是我们的出头之日……"

人生不可能是一帆风顺的，总有不顺与低谷的时候，但我相信走过去便是一个天！人生要设想一下未来，今天你所做的事情一定与你有关，好像上饭店吃饭，你必须自己买单，你逃不了的。

人生中的很多经验，要靠我们自己去经历，去感受，去总结，只有真正经历过大风大浪，只有经历过坎坷起伏，才能品味到生活的酸甜苦辣。

打一个比方，人生就是一场撒网捕鱼，总有一天你得收网，你得将网拉上来，至于网里有多少鱼，或者网漏了没什么鱼，总有见分晓的那么一天，所以我想当你在撒网的时候，就应该想到收网的时候，为让网里鱼儿多些，所以你得千方百计吧，你得全力以赴吧，总之不能得过且过，或者三天打鱼两天晒网吧。

我说，不要抱怨生活中的黑暗，黑暗也有它存在的意义与价值，经历了这一场金融危机，我有了如此的感叹，我终于从阳澄湖水底浮起来了，我没有被淹死。

我是如此的幸运。

这里，我真的没有什么成功的经验可说，我只知道自己要对做的任何事情负责。作为一个人，应当时刻想到自己的未来，你交出一份什么样的答卷。

让自己的心沉淀

很早就喜欢一句话，能在默默中前行的人，一定是走得最远的一个人！

2002年，那年我刚好四十岁，当时我在阿舅的公司跑供销，就是送送货而已，但我想自己做老板，所以我瞒着妻子租了一百平方米不到的房子，花了十几万元买了几台机器，就这样我出来自己开厂了。

当时，阿舅没答应我辞职，他要培养我做村支部书记，因为他那时还兼任村书记，他说，到年底我把这个村书记让给你，现在你把买的几台机器拿到厂里来，多少钱我就付你多少钱。

而九头牛也拉不回我了。

阿舅只好答应我自己办厂了。

那年的9月，我的正翔便注册成立了。我希望，选择的这一条创业之路必须正确，然后飞翔，这就是我工厂名字的由来，也可见我当时的心迹。

两三个月后我就向村里申请用地，村里批给我11亩土地，老实说，那时妻子没有给我好脸色看。我不与她争辩，争辩没用，我只想把我的工厂办起来，惟有工厂办好了，你才有地位，你才有尊严，所以我当时就一心扑在厂子上，其他什么也不去想它。真的，我有半年时间一个人吃住在厂里，为了省钱就自己看工地，因为当时工厂在建造，没有围墙，我就自己做门卫，当时正好是夏天，晚上我就在水笼头下洗澡，好在我当兵5年，这样艰苦的生活能够适应，那时候我一个人就睡在两千多平方米的车间里，支起一顶蚊帐，没有电视，没有电脑，床铺上堆满了书籍，我不知道自己是如何走过那一段寂寞岁月的。

有一个信念支撑着我，只要我把心沉淀下来，十年之后我必成大器。

在那最初的三年时间里，我没有写一篇文章，晚上我就是读书，当时我读了许多名人的传记，用他们的传记故事激励自己。

今天我回首这一段艰苦的日子，我真的一点也没有感觉艰苦，反而让我觉得这是另一种快乐，经历了磨难才让我跨上了人生一个新的高度。即使今天我成名成家了，我仍然喜欢默默地思考，默默地前行，你看我白天在工厂忙碌，晚上就呆在家里安静地写作。看着自己追过村里一个又一个老板，心里越来越有自信了。

人啊，你不要去羡慕别人，你就从羡慕自己开始吧，老老实实做自己的事情，就像愚公一样挖山不止，总有一天会打通太行山的。有人说我，现在你为什么不会享受呢？其实他们不知道，我每天都在享受我追求梦想的这一种快乐，这一种快乐只有你经历过了，你才会拥有！

野渡无人舟自横

　　我很喜欢这一句诗："野渡无人舟自横。"

　　这让我想起在宽阔的海面上，一只小舟自由自在的，风到哪里，它就到哪里。

　　记得很小的时候，父亲带我去看长江，我第一次看到那么大的江河，心里好快活啊，父亲指着长江里穿梭的小船说："你看小船也能过长江的。"长大了，我才知道父亲的用意，他让我不要怕大江大河，即使是一只小船也能在长江里翻腾的。

　　所以，那么多年过来了，我一直像一只小舟在风里雨里来来往往。白天，我好好做我的事业，我的工厂从一个小厂，已经成为威巴克的供应商，真的，如果你想加入这种大公司几乎是没有什么可能的，但我实现了，因为我瞄准这个方向，坚持了十几年奋斗啊，所以我就喜欢这诗：野渡无人舟自横。

　　还有我的写作，我已经出版了多本书，记得我是这样一个人，不管经历什么事，都动摇不了我对写作的热爱，我对梦想与美好的向往。我是这样想的，每天我坚持写一二千个字，一个月就是几万个字，一年就是几十万个字，不管你说我写得好不好，写得好是这样，写不好也是这样，这又有什么关系呢？

我每天写了，我就觉得我是一个了不起的人，我做什么事都有这种精神，而很多人却缺少这种持之以恒的毅力，所以我就会成功！我用我的故事告诉你，努力就有好饭吃。

真的，一个人努力了，你的天地自然就宽阔了。

不说忙碌

看有些朋友一天到晚搓麻将，我真的不明白，他们哪来那么多空闲时间？有朋友说我，你是赚钱的坯子，就是不会享受。

此话错矣，你享受你喜欢的东西，而我也在享受啊，我享受我喜欢的东西，只是我喜欢的东西与一般人不太一样，我享受在不断的追求里，我享受文学女神的魅力。

鲁迅先生说："哪里有天才，我是把别人喝咖啡的时间都用在写作上了。"

想想也是，我是把别人玩牌的时间都用在写作上了，倘若不是用在写作上，也是用在工作上了。

平常日子里，我睡觉时间应该是多一些的，但每晚也不会超过五六个小时，而且即使晚上少睡觉，白天我也不午休。多年来我养成了少睡觉的习惯，因为是习惯也并不觉得这有什么不好，不过我的睡眠质量挺好的，一躺到床上几秒中便能呼呼入睡了。

我每日起劲地忙，像蚂蚁搬家，那么有没有成果呢？

我的回答，有的呀！

我有两个工厂，一个是阳澄湖工厂，它主要出租厂房，收收房租也是一件麻烦事，一会儿跳电闸了，一会儿消防水管漏水了，反正麻烦事接连不断的。还有一个是渭塘工厂，这个厂主要是为国内几家知名的汽车企业加工冲压件与注塑件，杂七杂八的事情有很多，幸亏晴谷参与进来了，不然靠我一个人管理恐怕会忙不过来，主要是我对技术欠缺。这么说吧，关于冲压技术，晴谷已经超越我了。

夜已渐深，我不说忙碌，一切一切都是在为自己忙碌，这又有什么好说的。

还有，因为如此这般地忙碌，让我的事业与创作获得双丰收，所以我觉得我付出的所有努力，付出的所有辛勤与汗水，都是值得的，都是无憾的。

真正杰出的人，从来不说自己忙碌。

我不是真正杰出的人，但我想努力成为这样的人！

真的是我不好

昨天好热好热啊，但我在办公室没开空调，只是一台小风扇吹着微弱的风。下午 3 时许，我刚接好一个外地电话，突然感觉到我的肩膀上有个虫子躲着，我就伸手去摸了一下，谁想是一只黄蜂，我被它蛰得一下子跳了起来，一阵剧烈的疼痛直刺我的心脏，而那一只黄蜂若无其事地飞走了。

黄蜂把它的刺留在我的体内，它的生命也行将结束。

傍晚回家，妻子给我在肩膀上涂了菜油，这是小时候大人们传给我们的经验。或许是黄蜂的刺有毒性吧。一个晚上我的肩膀与手掌都感觉奇痒无比。今天早晨看看我的肩膀，那皮肤也仍是肿着的。

真的是我不好。

如果我不去触碰它，它是不会贸然就给我这一刺的。

比如毒蛇。

它在草丛里。

你不走近它。

你不去惹它。

它不会伸出那有毒的舌头。

试想，当一条毒蛇感觉到它有生命危险的时候，它才会奋不顾身地扑上去张开血盆大口，它的毒液就是它保卫自己最好的一种武器，或许这才叫舍身取义吧。

最可怜的是没有毒性的一些小动物，它们更容易受到人类的伤害。记得小时候，我与小伙伴最爱捉蜻蜓玩，比如折断一只蜻蜓的尾巴，然后在它的屁股里插上一根稻柴，然后我们再放飞那一只蜻蜓。

蜻蜓竟然飞了起来，它的屁股后面拖着一根长长的稻柴。

我们笑得好开心啊！

我们不知道，是我们把一只鲜活的蜻蜓扼杀了，不久它就会因流血过多而死。

我们却乐此不疲。

我们还捉树上的知了玩，然后我们把知了的翅膀剪掉，知了就飞不了啦。

知了，它也是有血有肉的生命，我们不懂，我们剥夺了它飞翔的自由。

岁月峥嵘，花开花落，生活教会我们许多东西，比如水蛇、蚯蚓、黄雀……它们都是不起眼的，可是它们也是自然界里的一个生命，呵护它们，我想也是呵护我们人类自己。

第二辑　为自己忙碌是不能说累的

有人说我忙得有成绩，一年尚能赚几百万元的。是啊，因为有这样的好成绩，所以我觉得自己再忙也不说苦，也是理所当然的呀。我有一句名言便应运而生——为自己忙碌是不能说累的。

PS 密码

从什么时候开始，喜欢上做公众号呢？开始没有谁教我的，而且我胃口不小，一下子就注册了两个公众号，一个是用我个人名义注册的，叫去看佛，另一个是用我厂名注册的，叫正翔语。

过了不久，齐帆齐老师看到我这两个公众号，她对我说，你的公众号照片最好不要有水印，因为容易引起纠纷。我觉得她说得有道理，但我不懂去除水印啊？于是，她遥控指导我操作电脑，这样公众号发表的照片就没有水印了。那时候我对如何做公众号还是一无所知，齐帆齐老师还教会我如何开白，如何复制链接。

但问题是我的公众号标识粗制滥造，还有排版也是一塌糊涂。齐帆齐老师说，她有学员做 PS 的，可以叫她设计公众号，但我想麻烦人家不好。

后来才知道这位学员叫一河漪沫（以下称小沫老师）。其实，小沫老师是平面设计师，简书大学堂讲师，正好她在简书开了 PS 零基础入门课程，我就报名了。我是这样想的，或许 PS 很专业，一时我掌握不了，但能够把公众号做得好一点，那我就应该报 PS 学习。都说年轻人要多学习，多掌握生存的本领，但对于我这样年纪的人也应该多学一点知识，不然就被这个世界过早地淘汰了。

现在小沫老师这个 PS 课已经结束了，当然在荔枝微课里还能看到，还能反复地听。

现在我的两个公众号也变得蛮正规和漂亮了，而我是多么地感激小沫老师。

公众号最重要的东西，其实是标识。小沫老师说，一些大号的标识都设计得高大上的，它就好像一个人的脸，长得好看自然喜欢的人便多。就这样她给我设计了正翔语、去看佛两个公众号的标识。

我问她多少钱？

她说，不要不要。

现实世界里有许多人见钱眼开，而像小沫老师这样清纯的女子到哪里去寻？

干脆好事做到底，小沫老师还为我编排好版面。她说，她就是懒惰，喜欢越简单越好。她说得如此轻松，其实不知道她花了多大的功夫，才把 PS 这门技术掌握得如此娴熟。而她这样给我编排好了，我做公众号也省力了，最后发现我也是偷懒的一个人了。小沫老师还为我的电脑下载了新媒体管家，这就是我偷懒的开始。因为用了这个软件，编排公众号更是轻快了。

只是下载了新媒体管家后出现了一个新情况。本来，公众号每天我可以发三、四篇文章的，我却发现加了新媒体管家后，在文章素材里加第二篇文章加不了，为此我向腾讯客服反映情况，他们 24 小时后回复我，也没有找到解决的办法，或许是我解释不清吧，最后我又向小沫老师请教。她说，可以加的，因为你下载了新媒体管家，可以在图文里增加。

我打开电脑一试，真的可以加了。

我想，小沫老师真是知识渊博啊。如果接下来的日子，小沫老师在简书里再开 PS 课，我仍然要报名，因为 PS 就是一支神笔，可以让我们写的东西图文并茂，不仅仅是公众号。如果我能够掌握这一门技能，我当是值得自豪的一件事吧。

我的高中同学赵东明

几年前，赵东明对我说，你写的文章我觉得不怎么样，但我夫人觉得你的文章有乡土味，写的文字真实和朴素，所以你应该还是有一些农村读者的。他又补充一句，我夫人是大学生，对文学颇有研究。

我觉出他的评价实事求是，我不过是个农民作家，说得确切一点，我只是一个文学爱好者而已。

那么，有朋友会问，赵东明何许人也？

他是我的高中同学，十七八岁时我俩都在渭塘中学读高中，1980年高中毕业，我当兵去了，而他读的中专，毕业后分配到乡办塑料厂做技术员。

现在他是一家上市公司老总，最有趣莫过于他怎么做上市公司老总的，这是一个传说，我只是知道一些零星的故事，其中有许多的创业故事还是不被他人知道的，因为他是一个做事非常低调之人，很少在电视或者报刊见到他的名字。写到这里，我查阅了一下百度，关于赵东明还是有些文章介绍的，比如有一篇文章这样介绍：

赵东明，男，1964年8月生，中国国籍，大专学历。1999年6月至今任公司董事长，2002年11月起担任苏州禾盛新型材料有限公司董事长。1998年6月至今任苏州工业园区和昌电器有限公司董事长，2009年9月至今任苏州和融创业投资有限公司执行董事。此外，赵东明先生还任苏州市总商会企业家俱乐部（直属商会）会长，苏州市工商联第十三届常委，政协苏州市第十三届委员会常务委员会委员。

他们称他赵东明先生，我不这么叫他，因为我们是高中同学，这一点应该再次说明一下。

这个国庆节，我们渭塘中学80届近两百名师生聚会，正好他要去加拿大处理一些事情，所以他没有参加，但他在聚会之前邀请了三十多位同学去他那里喝酒。他知道我喜欢喝酒，所以他指着茅台、五良液对我说，你喜欢什么就喝什么。哇，好酒好酒。毕竟人家是上市公司老总财大气粗嘛。

也不是呐。

他没有让我们上高档的酒店，而是在豪宅里摆起了龙门阵，就是请公司食堂厨师掌勺。这时候我才得知，他平常宴请亲朋好友都很少去饭店的，都是在自己家招待。他悄悄地告诉我，自己做菜买的菜质量能够保证，而且加工时味精又不怎么放，从身体健康角度出发，还是选择这样方式举办宴会，而且比酒店菜肴价格直线下降，这也是开源节流。

在那天的聚会上，他给到场的每位同学发了一个价值近千元的电器产品，他还在聚会上说，三四十年前我们有幸是高中同学，现在我们能够相聚在一块，是幸福的，因为已经有几位同学不在了，在这里我承诺，如果同学之间有经济困难的，就对我说，我会想办法帮助克服困难！

在场的同学们都被感动了，有的女同学当场唱起了歌，他也很高兴，拉上一位女同学翩翩起舞啦！

于是，我们一群同学们都笑了。

赵东明从国外回来后，我们又聚会了，这次是同学徐新红做东，他的事业也做得挺大，酒席摆在耦园一家饭店里。那天徐新红请的朋友都是他的大学同学，我说我就不去了，徐新红就说赵东明也要来的。我赶到耦园那里，却不见赵东明，徐新红说，他马上到，他叫我们先吃。

赵东明真的来了。

那天，一桌子的人都喝酒了，就我没有喝酒，因为第二天早上我要开车外出，绝对不能喝酒。而赵东明是车子送过来的，回去他想叫的士，我说我就是的士，请上我的车吧。

他就上了我的面包车。

别的人会说我怎么你是大老板却开这种车类的话，但他并没有说一句。他先恭维我一通，他说你只是个高中生，但坚持写作，现在成了一名在苏州很有名气的作家，更想不到你还自己开厂，而且一个作家开的工厂做得越来越大，你取得这样大的成绩，我都没有想到，这个主要是你愿意吃苦，并且坚持到底。他又说，其实我们六十年代出生的人是幸运的一代人，因为我们穷，国家也穷，所以跟着国家一起脱贫致富，只要你愿意努力，总有一番作为的，当然本身原因吃啊玩啊，那这样的人不管什么年代都是不行的。像我们高中同学有几位虽做员工，而年报酬都接近百万元，主要他们对本职工作热爱，一直技术难题攻关，公司需要这类专业人才，所以他们拿这么高的报酬也是一种人生价值体现。

他还透露了他一个目标。他说，现在我女儿从美国留学回来接管这家上市公司，当然我还不会退休，因为五十多岁还能做些事情，所以我再想搞一个上市公司，这样有两个上市公司齐头并进，那么我就感觉人生奋斗差不多了。

我很惊诧。

我开车把他安全送达家里，然后我走高速回到阳澄湖镇，我不会忘记他的话了啊，因为我更要努力啊，虽说我追不上他，但他的话鼓舞了我，像一支军号声时刻催促我向前向前。

谷浪教我手机摄影

刚才读到谷浪的公众号文《跟着作家逛湘城》，我当一回文抄公，摘抄如下：

前几天写了北雪泾明代古桥，坤元见了告诉我：湘城有座古桥也不错，有空可以陪我去一看。今天阴雨变晴，一早就到坤元厂里等他。

经常经过湘城却一直没有重游老街，小时候走亲戚时逛过的印象早已模糊，这次作家带我重来，一进北街就感觉不错：青石铺就的街道在晨光中幽幽泛光，街两边的廊篷相接，只有中间透过一缕阳光。人不多，一条黄狗悠闲地散着步，铺面还保留着一些可以拆卸的门板——这就是我们小时候的味道了。

一家石库门前两侧还保留着五星标记，作家说不是文物，我倒觉得到现在也可以勉强算得上了。

湘城现在已并入阳澄湖镇，其实历史很长。据苏州有关史籍记载：吴王阖闾元年（前514年），吴国相伍子胥奉阖闾之命到湘地"相土尝水，象天法地"，拟选址建都城。在已将部分城砖运至湘地后，后经复测地势低洼才作罢，遂"将砖铺砌河东街道"……

谷浪是我的高中同学，当年他少年有才，考上厦门大学中文系，而我高考名落孙山，投笔从戎去了。后来他做了警官，他平常爱好摄影，到哪里都扛着长镜头的照相机，而且对古代文化也颇有研究。后来，我退伍返乡却爱上写作，现在也算成了作家吧，所以在高中近两百同学里，我们属于同类型，都可以说是文化迷吧。

昨日上午，我俩相约去湘城老街，他是来检阅湘城老街的，而我有机会向他学习摄影，因为现在有十几位老板，以及同学都在向他学习摄影，用我们的高中几位女同学的话来说，就是谷浪拍的照片就是艺术品，让她们欢喜不尽。

谷浪对我说，手机也能拍出好照片。

我说，你的照片应该都是照相机拍摄的吧。

谷浪说，不是的，上次几位同学去木渎赏枫叶就是用手机拍摄的。

我见过那一组照片，因为我在自己的公众号发过老同学徐建平写的木渎赏枫叶一文，里面就有谷浪拍的几张照片，如果谷浪不说他用手机拍的，我以为这么美的一组照片应该出自于照相机啊！

我看见他用手机在拍河对岸，图像十分清晰，这时我疑问来了，我的手机也对着河对岸，怎么显示的图像不太清晰呢？他拿过我的手机说，手机里有拍照功能，可以调试。我说，拍照功能在哪里，我怎么没有发现呢？

他很快找到了那个页面，说：你看，有专业拍照、全景、HDR、延时摄影、慢动作、超级夜景、专业录像、有印照片等，在不同的场景就选择不同的拍照方式。

他用我的手机拍了一张照片，说：这是全景，你拿着照相机转动，边上竖线要对准，横线上下不要太晃动，到这个移动箭头快到了按下拍照键就成了这一张全景照片。

果然他是摄影行家。

我玩手机那么多年了，从来没有发现这个摄影功能啊。谷浪说，现在苹果、华为手机都有这个功能，但很多人只知道买贵的手机，却不知道手机贵在哪里，外壳漂亮能值几个钱，主要还是内存越来越先进呀！

我们去观桥经过一条弄堂，望去尽头就是一条湖，湖边还有一棵树，早晨的阳光照射在一垛墙上，谷浪说：照片就是光和影，这一条弄堂有光有影，你拍一张照片试试。

我就拍下了这一张照片，真的被他一点拨，我觉得这一张照片也很美了，好吧我就给这张照片取了一个名字《感受光影》。

好朋友是山，一派尊严。我俩来到了观桥，这时我觉得好朋友是水，水到渠成。我们在观桥做了什么呢？让我们看谷浪的文章怎么说的？他写到：

来到此行主要目的地观桥。始建于宋咸淳二年（1266年），时名"通仙桥"，元朝天佑年间改称观桥，清光绪十六年，里人张毓庆再修观桥，风格上保留了元代式样，依然是南北走向的单孔石拱桥，由青石与花岗石、武康石混合堆砌而成，全长28.7米，宽3.85米，高3.95米。其中拱券3.95米，跨度5.9米。

没带相机，用手机怎么也拍不清桥上字迹，见桥孔里有船，走去向老丈求借，老丈问我们会不会使船？我说我们都是渭塘乡农民，自然是会使的，老丈慨然允借。

没有篙，见另一船有一把粪调勺子，两个老农民自然百无禁忌，借来代用。我在船尾摇橹，坤元兄在船头撑"篙"，技术熟练，很快来到桥下。水流很激，四块联只有一块能够勉强认字"地接鹤林襟相水"，其他都已漫漶。

桥上走过几个老人，见我们看桥，纷纷议论是不是专业部门来检查是否牢固，我们不好吭声。其实，这桥的东南侧内夯圈确有松动，有个地方还用锲子撑着，想是建桥时就有短缺尺寸临时应急的吧。

　　我们都在水乡长大，所以都会摇船，只是谷浪在摇船的时候，我在接一个电话，所以就把这一个千载难逢的机会错过了。谷浪在船上考古观桥的时候，我也拍到他的一张照片，只是水在流，船在飘，我的心剧烈跳动，所以照片没作构思，看上去不像在河中央的船上哩！但恰好也证明了他在船上相当稳定。

　　我忽然想买一架照相机，有机会跟谷浪就来个"谷浪图说浪游"，边走边唱，希望我的文章也能够图文并茂。

　　物质贫乏时，人的选择是单纯的，就像我们1980年高中毕业，那个毕业照都很稀罕了。现在物质丰富了，比如我的老同学谷浪就用照相机拍出了一个更绚丽的世界，人生也就显得与众不同了！

画虾也是一种本事

前几天，到江南八灶农家乐，看到谷浪写的《江南八灶序》（王家全书），这是大师级的作品。其实，这家小饭店墙上还挂了好几幅字画，其中还有周永泉的一幅《虾图》。以前我问过周永泉，你画虾的灵感哪里来的？他说，喜欢齐白石画的虾。我与他开玩笑，齐白石画中一只虾值一百多万元，你画的虾应该也有几千元一只的吧。他笑道，几百元一只哪有，最多值个几元钱一只吧。

这里先交代一下，谷浪、王家全、周永泉，还有江南八灶店小二徐建江都是我的高中同学，我们都是渭塘中学 80 届毕业生。而我和周永泉从小学一年级就开始是同学，一块上永昌初中，后来又一块考上渭塘高中。小时候，我与周永泉相处最好，还有陆小龙、宋国兴也很好，我们四个人就是村里的四人帮，一直到现在我们四个人仍然是好朋友，经常凑合在一块吃吃喝喝，而且我们四个人都做老板，周永泉是涂料厂老板，陆小龙是玻璃大王、宋国兴是养猪老板，我是正翔压延厂厂长。虽然我们四个人之间没有进行任何形式的比赛，但还是有点你追我赶现象的，只是心照不宣。所以说，近朱者赤就是这么一回事吧。

真的，我都没有见过我的岳母。1984年夏，岳母突然病故，而我在部队当兵，没有人告诉我这个事，等我知道已经是几天以后的事了，听我妻子小勤说，老人家一直盼我探家，最终我都没有见过她一面，现在想来也很难过，我自责不应该拖那么久探亲的，我真不知道老人家这么想见到我呢。那年冬季，我终于回来探亲，看到了挂在墙头上岳母的一张照片。小勤对我说，这是画像，是你老同学周永泉画的。

他画的真像啊，真是以假乱真！

那年代，周永泉高中毕业后就拿起了一只画夹，走村串户给庄稼人画像。

那年代，农村还不富裕，庄稼人很少拍得起照片的。

所以，周永泉画人像的生意应接不暇，当时画一张人头像有报酬2元钱，而他一天可以画两三张，这样一天七八元应该说在村里是相当高的收入了。后来，乡办化工厂招工，他参加考试被录取了，这样他就成了化工厂的一名技术员。不用多说，那时候周永泉就是一个脑子灵活的年轻人。

很可惜，从此后他就没有摸过画笔。

在乡里化工厂他虚心好学，咯咯地把化工产品的生产工艺和流程，还有销售渠道都摸了一个底朝天，一咬牙自己出来租厂房开起了化工厂，后来自己租地建造厂房，专业制造涂料，他将自己的涂料命名为平平佳，当时他还找过我弄几条平平佳的广告语，在苏州地区，可以说平平佳涂料是家喻户晓的，他做到这一步真的不容易。

到了这几年，涂料成了不环保的产品，所以他只好改行，但一时也没有找到出路，据说他和宋国兴两人悄无声息地到安徽买地了。同为同学的陆小龙对他们说，我们五十开外了，再不可以打天下，能够守好天下已经算好的了。

我同意陆小龙的观点。

现在周永泉比我空闲多了，所以他又拿起了写生的笔，只是他不再画人像，而是临摹齐白石的虾，有时也画竹子，画公鸡母鸡和杨柳飘飘。不要说他画的功夫怎样，至少他这种爱好和追求是合乎美学的，所以我作为他的老同学，应该为他鼓与呼！

当物欲横流、精神世界一片躁动和混乱的时候，倘能看到老同学周永泉的一幅幅虾图，眼前就仿佛有清水在流动，有纯洁的莲花在闪现……我觉得这就是完美和珍贵！

仍在笔耕的老作家徐耀良

昨日，我在简书看到余光写的《文字作品大清仓》，不看不知道，一看惊呆了，原来他出版的著作真多啊，个人著作就有14部，有散文集、英雄故事、长篇小说等，它们是：《沙家浜人》《在阿庆嫂的故乡》《沙家浜昨夜风云》《近看沙家浜》《沙家浜人民革命斗争故事》《沙家浜民间传说与旧闻轶事》《鱼水情深》《芦荡情深》《沙家浜演义》《阿庆嫂传奇》《芦笛声声》《一世情缘》《聚焦沙家浜》《余光吟唱》。他还参与编写《沙家浜景区志》《毛晋 / 书文化的传播者》《沙家浜镇志》《精彩江苏沙家浜》等图书十几种。

余光就是徐耀良。

沙家浜的英雄色彩和神秘魅力，也蕴藏在他这些书的故事里，他将沙家浜的旧事悉心挖掘，尤其是新四军的故事他写的最多，还有对如今沙家浜的繁华真挚歌唱，虽说他早已从沙家浜文化站长这个位置退下来，但他从来没有放弃笔耕，一个是仍在主编沙家浜的一本杂志，二个仍在简书等平台和报刊写文章。他发现简书时间不长，却已经在简书发表了将近 30 万字。简书和其他新媒体是年轻人玩的地方，而花甲之年的他却也像年轻人一样日更，每天都有文章出来。

沙家浜镇作家谭良根对我说，徐耀良同志喝酒、抽烟、唱歌、旅游什么都不喜欢，他就是喜欢写作，尤其是发现简书后，他写作就停歇不下来了。

我知道谭良根也在简书写文章，他没写几个月就出版了一本书《阳澄湖芦花放》，他是河北山区老师李彦国教会写简书的，倘若没有简书也就没有这一本书了。谭良根得意地告诉我，他说："徐耀良同志写简书是我教会他的，他看我每天写简书羡慕得要命，非得要我教会他写简书。"

关于文学，徐耀良是这样说的："文学只会变化，不会消亡，这是所有文学工作者的共识。事实也正是如此，凡是有人群的地方，就有文学。民歌就是一种口头文学，民间故事也是，蒲松龄写的《聊斋志异》就是根据民间传说故事整理而成的，施耐庵的《水浒传》其中也有很多民间传说的成份。收集在《白茆山歌集》里的长歌《白六姐》，收集在《沙家浜石湾山歌集》里的长歌《赵圣关》，不都是在民间广为流传的民歌吗？文学来于民间，甚至连诺贝尔奖获得者莫言也坚信这一点。文学创作的源泉在于实践，在社会实践中，才能获取许多书本上得不到的东西。书本上的知识是前人积累的，社会实践中获取的东西才是你自已的。只有拥有书本上的知识，又拥有社会实践中的知识，才能丰富你的人生，才能创造出更加优秀的文学作品。"

我发现，这篇文章发在简书里，阅读量却只有几十个人，可见真正"识货"的人还不多，现在的年轻写作者心态浮躁，上了飞机恨不得一飞就到纽约，我建议年轻朋友要走近徐耀良这些老作家，他们的思想和品格，他们对待写作孜孜不倦的态度都是值得年轻人学习和借鉴的。

著名散文家王慧骐是这么评论徐耀良的，他写道：青森茂密的芦苇荡，箭一般穿梭在芦苇荡里的小渔船，晃晃悠悠闪亮在"春来茶馆"里的灯笼，"滴水不漏"的阿庆嫂手中高高提起的"煮三江"的铜壶……这一些美丽的场景和画面，构成了沙家浜所独有的神奇与迷人。从这个意义上说，徐耀良真是一个令人羡慕的可称之为幸福的人。因为，他生命中所有的岁月都是在这片美丽的人文环境中度过的，他是饮着昆承湖的水吮着芦苇荡的风成长起来的沙家浜人。只不过当年新四军的英雄们在这里浴血奋战的时候，他还没有出生。而当哨烟散尽，和平建设年代的民众在行进中需要一种精神力量的时候，作为一个土生土长的沙家浜人，徐耀良十分自觉的加入这个探寻当年英雄足迹的行列。耀良的文化程度并不高，但他的身上有一股了不起的韧性，正是凭着这股韧性，十多年来，他把自己全部的精力和心智毫无保留地投放在了这一项——对于今人和后代，无疑具有启迪价值的思想、文化建设的工作之中。为了真实地再现当年的风起云涌和战斗场景和英雄们的音容笑貌，他不辞辛劳地走村串户，做了大量的实地调查，掌握了许多第一手资料；他利用参与编纂《沙家浜镇志》和筹建沙家浜革命历史纪念馆的机会，结识并走访了一批健在的革命前辈，详细询问和了解了他们当年所经历的每一场战斗的细枝末节……这一切，为他在短短的几年里一部接一部地推出展示沙家浜峥嵘岁月及其人文景观的作品集，奠定了丰厚而扎实的基础。

那天，头发花白的徐耀良主持了谭良根新书《阳澄湖芦花放》发布会，他对我说，要向我学习，在许多新媒体平台发表文章。其实，应该是我向他学习，即使老了仍在追梦——生命不息，笔耕不止。

当兵种下一棵树

当兵种下一棵树，种的什么树，且让我说给你听。

我算 1981 年兵，其实参军的日子是 1980 年 11 月 22 日，第二天早晨天还没亮，我就和四十多位新兵步行至苏州火车站，然后坐装猪的列车北上（列车里有猪粪），可以设想，那时国家也是很穷的。当兵坐运猪车，不是一个笑话。

火车开开停停，好像开了一天一夜才到达驻地，其实不远，就长江过去没几站——安徽蚌埠，到了部队我才知道自己当的是特种水兵。

新兵连为期两个月，我们一百多号新兵睡在舟桥营的食堂里，没有床铺，就睡在地上，地上铺一层舟桥板（就地取材），所以写信只能趴在桥板上，而伙食也吃不习惯，尤其是大白菜烧肉见了就要吐，但不吃老兵要骂，再说参加训练也没有力气，所以闭着眼睛吃吧吃吧，所以也就慢慢地习惯吃羊肉。

很庆幸，我没有分配到舟桥连，如果到舟桥连只是搬桥板，感觉没有出息，而我被分配到修理连做枪械修理工。我很羡慕有的新兵学修汽车，或者学开汽车，如果有这样的技术，即使退伍到地方上也能配上用场，且是很体面的一个工作，而这个枪械修理工，如果退伍回到地方又没有枪修，所以我有点想法，情绪有些低落。

我在四班，班长是老乡，吴县西山人，1977年的老兵，而且他就是枪械修理工。他对我说，他是站好最后一班岗，年底退伍，全团几百支手枪步枪冲锋枪都要你修，所以你要早点学会这个技术。

班长又说，你不要小看枪械修理工，它可是需要你有综合的本事，比如要有钳工基础，最好还要学会车工、焊工，还有木工。我问，修枪需要会木工吗？班长说，需要啊，步枪有木托，木托坏了，就得替换，但每支枪大小有偏差，所以你得会木工切削啊，这样才能换好木托。

班长把枪械修理工说得神乎其神。

好吧，那我就好好学习修枪吧。

当时，当兵每月津贴只有6元，记得我积累了几个月的津贴二十多元买了钳工车工焊工等五金的书看，为此连首长在连务会上表扬我，入伍第一年被评为团部学雷锋标兵！

修枪第一步就是学钳工。所以，每天班长叫我锯扁铁。将扁铁用台火钳夹住，然后握住锯弓开始来回锯，一不小心锯片就断了，如果接二连三断，班长立马拉下面孔教训你：怎么搞的，做活不动脑筋。说完，他做样子给你看，他是锯弓行手，一块扁铁在他手里像变戏法一样就一分为二了。这时，便觉得班长有一身本事，是个了不起的老兵。

当兵不是混日子的，后勤部分下连来考核，当着首长要做钳工活，如果考核不过关，那别人星期天可以休息，考核不合格的人只好在车间继续劳动。而我就这样补课过多次。（退伍时，除了退伍证，我还获得了两张证，一张枪械修理工证，一张钳工证。）

现在你们知道了，当兵种下一棵树，这一棵树就是知识树。2002年9月，我自己出来办厂，我办的是五金冲压厂，这时我当兵学到的钳工知识派上用场了。

感恩军营，所以可以说，当兵也应该是我做老板的开始吧！

总有人记得我的名片

1991 年，我开始在阿舅手下跑供销，当时我有自卑心理，与人说话都是细声细语。

有一回，我去无锡博西威送货，碰巧产品质量出了一点问题，我只好去找质量负责人徐工处理，他不认识我，问我道，谁叫你来找我，产品质量不好马上拖回去。

我还没有解释，他就给我的阿舅打电话。

他说，你的质量出问题，还有过来送货的人好像说话表达能力都不好，这是怎么一回事？

我知道他在说我的不好。

等他打好电话，我捧上了我写的一本书，说：徐工，这是我写的一本书。

他接过我的书，大为惊讶，问：这书是你写的吗？

我说，是我写的。

他惊喜道，你坐坐坐，我有眼不识泰山，原来作家站在我面前，我还以为你是结巴呐！

他翻阅了一下我的书说，我要给你们老板打电话，你叫一个作家送货不是大材小用吗？

原来徐工是个画家，对文学也非常喜爱，他从书橱里找出几幅画，他说，这些都是他画的山水画。

我说，我认识《新民晚报》编辑米舒，这些画可以寄给他发表。

那天，他不仅收下了我的那一车货物，还要请我去他家里看画作，并请他妻子做了一桌好的菜肴。从此，我们成了很要好的朋友。原来阿舅对他也是为之头痛的一个人，你给他烟啊酒啊，他一概不要，想不到被我的一本书竟然给俘虏了。

我在博西威一炮打响，一连接到了好几个新品，当年产值超过千万元。

我也没有食言，徐工的画作先后在《新民晚报》《东方明星》《姑苏晚报》等发表了，当然都是由我推荐的。本来他是一个名不见经传的画家，经过发表后，他的名气便在江南叫响了。

一晃十几年过去了，至今我已出版著作近三十本了，去年渭塘镇党委副书记特地到工厂来看我，他对我说，你为渭塘建设作出了很大的贡献，渭塘建设需要你这样有正义感的作家！

写作这么多年，这是家乡政府第一次对我的肯定。

现在你们知道了，我的名片就是我的书，就是我越来越强大的自信。尽管我的名片在这个庸俗的世界里并不怎么起眼，但是总有人记得我的名片，而被记住的名片就是命运对我最丰厚的回赠。

现在我不再自卑，因为我的名片也越来越完美了。

我有了改变

十几年前吧，新华社发过一篇消息，说苏州农民蒋坤元特别爱书，有藏书一万余册。原来打开百度，只要输入我的名字都能读到这个新闻，现在已没有了，看来真的是老新闻了。不管是读到还是读不到这个新闻，我藏书一万余册在全国也算出名了。

我写过一篇散文《买书病》发表在《新民晚报》，具体是哪一天的报纸记不得了，主要内容讲的就是我买书的故事。那时候逢年过节我都要去书店买书，那时候自己也没有车子，买了很多书就打的回家。有一次，我买了两千多元的书回家，把车子的后备箱都装满了。妻子见此说，你可以多叫几个人呀，干脆把新华书店搬回家算了。

好像是1995年吧，我在渭塘街上买第一套房子的时候，我就特地装饰了一个书房，我还买了一台486电脑放在书房里，当我疲惫一天回到家里，坐在如此美丽的书房里，真是如痴如醉。当时苏州电视台还来拍摄了我的书房，所以我与我的书房都上过电视呐，还有《姑苏晚报》记者刘放也来采访我，并在书房里为我们父子俩拍摄了一组照片，现在成了我一个最美的记忆。

只是那时候我只有藏书四五千册吧。

大概是 2000 年吧，我买了珠宝花园的房子，因为住房面积扩大，我的书房随之也扩大了。不管怎样，我如此爱书与买书，妻子还是默许的，她明白，一个人总得有些爱好，爱书总比在外面玩牌什么的好吧。也就是从那时候起，我有了藏书一万册的想法，于是我拼命地淘书买书。在万千的书海里，我也淘到了许多珍贵的书，比如诗人王慧骐的《爱的笔记》，比如陆文夫的中篇小说《美食家》等。在我的书房里，还有许多对我来说很珍贵的书，比如许多知名作家的签名本，如米舒、范小青、王峰等的签名本，尤其是我有《范小青文集》一套三本的签名本，看书的过程中，你会跟着作者一样不断地超越自己，走向完美。

说实话吧，近几年我买书不多，没有从前那种疯狂，那种热情，那种一掷千金买书了，好像更多了一些理性的想法与举止。想一想，重要的一个原因，还是与我的儿子有关。因为晴谷读的是理科，目前他对文学不太感兴趣，诚然这个时代对文学通读的途径也不一定是书，对此我表示理解。本来我想把这些藏书传给他，现在看来有些难。前年我在阳澄湖买了一幢别墅，虽说有四百平方米那么大，但我没有装饰一个单独的书房，只是在卧室里放置了两口书橱，在书橱里放了一些我真正喜欢的书。在我的私心里，相比原来那一个偌大的书房，现在这样的情景反而让我有了踏实的感觉，如果想读书，可以捧一本书在床头读，读着读着便睡着了，人就随手被颜如玉同化了。相反我在别墅里建造了一个地窖，虽说面积不算大，但放置几十箱老酒应该没什么问题。每当我有想买书的念头起来，我就打自己一巴掌，你不要买书了，你买名酒去。

我有了改变，从买书到藏酒，看起来什么事都是此一时彼一时，从理想主义回归现实中来了。

活给谁看

好像是二三年前，有一天，晴谷突然对我说，爸爸，你口口声声讲，是为我创天下什么的，我看你纯粹为自己。

晴谷的话刺得我一愣一愣的。

言下之意，让我别说为他创业什么的。

我不知道如何回答他？

过了几天我才有了答案。

我这样回答他道：你说得非常对，我是纯粹为我自己，这个我自己不是别人，就是你呀，儿子，因为你是我的儿子，我不为你创业又为谁创业呢？

这一回轮到晴谷愣住了。

曾经读过一个故事，说的是有个大富豪去一家宾馆住宿，宾馆老板说，你儿子来总是住最好的房间，而你过来总是拣最便宜的房间住，这是为什么呢？大富豪说，他有一个富豪爸爸，我没有一个富豪爸爸啊。

其实，这个大富豪就是我的影子。

至今我自己仍开破旧的面包车，而买了一辆豪华的小车给儿子使用。这是四年前的事，当时妻子只许儿子买二三十万元的小车，我则不然。我想，我奋斗那么些年，就是想给儿子创造这个幸福生活，拥有一辆豪车应该就是幸福生活的一种吧。当时，我的银行卡上钱还不够，只好向一位做珍珠生意的朋友借，才买了这一部比较高档一点的小车。晴谷开好的车子，我为父者也觉得脸上挺有面子的吧！

有朋友说，你自己为什么不买一辆豪车呢？我回答他们道，过几年儿子结婚，他总会换更高档一点的车子，那他现在开的车子就可转给我了，这样叫不浪费。总的说来，晴谷是个比较有出息的孩子，我几次纵容他买好一点的车子，他总是说现在的车子已经相当高档了，他不想更换，俨然一副岿然不动的样子。

晴谷不想更换车子，我就只好一直开这个破面包车。我思忖，你如果开这个小车十年，那我也仍要坚持开面包车十年，但不知道这个破面包车年检还能使用几年呢？

最后发现，晴谷说我纯粹是你为自己也没有不对的地方，我们含辛茹苦地活着，或者为父母，或者为子女，或者为自己，原来都是活给自己看了。

你想变成什么

昨晚从无锡回来，我坐在车上听着苏州电台一档节目，主持人问，如果你是孙悟空七十二变，你想变成什么？有听众说，我想变成手机，永远跟随着你；有听众说，我想变成钞票，有花不完的钞票；有人说我想变成冲锋枪，看谁不顺眼就给他一枪；有听众说我想变一颗原子弹，想投哪里就投哪里……

我便问妻子，你想变成什么？

妻子边开车边回答道，我什么都不想变，只想早点到家里。此刻，我真的想变成一架直升机，载着她早点回到家里。

不知从哪里看来的一个故事？故事说有一只猴子看做人很自在，所以猴子重新投胎想做人了，于是猴子对阎罗王说："请你发发慈悲心，让我这只猴子，尝尝做人的滋味。"阎罗王当下答应了猴子的要求，便叫手下几个小鬼拔猴子身上的毛，几个小鬼只拔了猴子几根毛茸茸的毛，猴子便痛得吱吱叫，大声叫道："不要拔了，不要拔了，让我仍做猴子吧。"

这只猴子可笑是不是？

其实，我们就是这一只被人耻笑的猴子啊！这一只猴子羡慕我们人类，便一心想投人胎，却不愿意拔掉身上的毛。而我们都想拥有孙悟空七十二变的本领，我们却什么也不想付出。

我在想，我们既然投了人胎，那么又如何做人呢？我们不是猴子，用不着拔身上的毛，但我们会面临许多艰难困苦，这就像猴子身上的毛如影随形，当我们遭遇困苦的时候，总不能像猴子那样就逃之夭夭吧。

屈原留得一诗振聋发聩："路漫漫其修远兮，吾将上下而求索。亦余心之所善兮，虽九死其犹未悔。"

只是觉得有云朵在头上飘过。

也都是人吧，总有局限，兴许遇到困难与挫折，你能不逃避，你能迎头上，便不枉为一个人了吧。如果你能够追求卓越，你能够创造奇迹，那你就是一个与众不同的人呐！

如果你能，你就不要想变成什么。

比如我只想好好地做一个对人类有贡献的人！

一眼望得到头的人生

十几年前，我在阿舅公司跑供销，虽说阿舅很器重我，我一年的报酬在十万元之上，但我最后还是跳槽出来自己办厂了，其中理由有很多，比如我要在悬崖上飞翔啊，比如我想自己做出一番事业啊，这些理由都成立，现在想想，真还有一个理由，因为我不想过"一眼望得到头的人生"。

当年我才四十岁，在阿舅手下跑供销也有十年出头了，每天重复着一个故事，送货，送货，还得送货，每天坐在卡车上来来回回，并装卸好几吨的货物，当时我想，现在还算年轻，倘若我到五十岁了，到六十岁了，搬不动那些货物了，又该去做什么呢？

我有点心事重重。

那时候，我扳手指头算了一下，如果每年就算挣十万元，到我六十岁才两百万元，这是需要我一直做供销才会有这么多报酬吧，如果阿舅调动我的工作，叫我去仓库里做什么的，那很明显我拿不到那么多钱了。

我不想过这种"一眼望得到的人生"，于是一咬牙就自己出来干了。

虽说妻子当时竭力反对我，但我有自己的想法，我想只要我干得出色，把自己的工厂办好，有一天她肯定会"回心转意"的吧。

从此，我走上了一条与以往完全不同的道路，自己选择做什么，自己又该怎么做，前行的路上遇到什么事，还有遇到什么样的人，凡此种种，都没有人指点我了，只能靠我自己做选择，只能靠我自己拿主意了，我已别无选择，惟有努力奋斗。或许也可以从书本里找，但纸上谈兵的东西说起来容易，做起来却是难啊！

我欣赏一句话，人生在于设计。

现在你们知道了，我今天所取得的一些成就也是我自我设计而来的吧。做设计就是做规划，这是给人生一个方向，做了规划也不等于有了一眼望不到尽头的人生，因为生命是一个变化莫测的过程，我们能够把握的只是很小的一部分。

所以，我并不满足今天所取得的成就，仍然需要设计与规划自己的未来。

我不止一次地对晴谷说，现在我们做制造业优势越来越小，原来员工的工资低，他们的胃口也不大，原来信息流通不快，现在原材料价格什么的，网上一查便知，那个获取暴利的时代已经过去了。那么，我们的制造业现在的出路又在哪里呢？我觉得就要与时俱进，用科学技术去开发市场，去赢得市场，总之要走在别人的前面！

靠人海战役（低价劳动力）的年代过去了，智慧机器人的时代开始了。

我不惆怅。

我在静静地求索。

不要在小事上计较

二十多年前，我在乡办蛇皮厂做出纳的时候，就有一个"大事糊涂，小事清楚"的副厂长。有一回，苏州有家进出口公司两个女会计来厂里核对账目，中午她们要去街上转转。当时，副厂长不在厂里，就我一个人在财务室。司机问我，你说怎么办？我想，两个女会计是我们的上级领导，让她们用一下车应该没什么问题吧。

于是，我对司机说，你快去快回。

一个小时后，车子还没有回来，副厂长却回来了。

他喝得烂醉如泥。

他看见车子不在便问我，车子哪里去啦？

我说，送苏州两位女会计街上去了。

他应该知道苏州进出口公司有会计过来对帐的。

他突然暴跳如雷说，你无法无天，谁给你的权力？

我早就看不惯他喝醉不做事了，伸手就抓他一把胸脯，说：我在厂里老老实实做事，还要受你的气，而你整天不做事，哪天中午你有不喝酒的，今天我非要拉你去乡里评评理。

我使劲拉他的胸脯。这时司机都上前劝我放手，有话好好说。副厂长酒也醒了一半，讷讷地对我说，你不要这样，有话坐下来我们好好说，我也只是问问你这个情况，你也用不上发这么大的火嘛。

这时候，厂长也从外面回来，他叫我放手，但他没有批评我，他对副厂长说，小蒋叫司机送两位客人去街上，他做得没错，这件事情是你没有了解情况乱批评小蒋了，这是你的不对。

然后，厂长又对我说，你动手拉领导胸脯也是不对的。

最后我们几个人坐下来开了一个小会，副厂长做了检查，我也做了自我批评。

由此，副厂长"大事糊涂，小事清楚"的名声有了。

前事不忘，后事之师。现在我做厂长好多年，我一直对自己说，不要在小事上斤斤计较，决不能做副厂长这种小人，应该做"大事清楚，小事糊涂"的人才好！

没有人可以赚得全世界

没有人可以赚得全世界。这一句话是谁说的，是哪个名人或者名流说的，还是我自己想出来的，我一点都想不起来，反正它在我的脑子里如此根深蒂固地落脚了。

我说过，将来我一定会是阳澄湖的传说，这也是我自己的一厢情愿。在阳澄湖这块土地上，有多少英雄豪杰走过，又有多少人留下名声呢？那个京剧《沙家浜》里的郭继光、沙奶奶、阿庆嫂据说也都是虚构的人物。

不过，阳澄湖还是有位画家留存于世的，他就是沈周，他的墓还静静地躺在河边，我好多次去过那里。我十分好奇，这真的是沈周墓吗？是不是人云亦云呢？这个真的说不太清楚。不过，它提醒我，阳澄湖出过这样一个大人物，这是故乡的骄傲。

正如沈周在《九月桃花图》中说，"荣华虽顷暂，天地亦多情"。是啊，人生极其苦短，大地万物才是永恒之道。人们啊，只有将自己放得低低的，才会有一种超凡脱俗的意境，才会有一种真正的闲适情趣。

所以，有时我想啊，如果真的有来生，我真的不想做什么诗人了，这个诗又不来钱，来生我就做沈周这样的画家，一个人躲在阁楼里画啊画，偶尔喝一口小酒，秋天时捕捉几只大闸蟹品尝。是呀，现代好玩的事情实在太多，哪有如此闲情逸致寄情山水呢？

其实平日我一直在考虑为阳澄湖做点什么。我也为阳澄湖写过几本书，比如长篇小说《美人腿》、散文集《坐看阳澄湖》，这两本书已正式出版发行，还有一部长篇小说《圣堂寺传说》正在出版之中，至于这些作品以后能不能留存与世，那就随它们去了。想得太多，活得太累。

只要努力过了，人生也就无憾。哎哟，这个不得不想想。

再说我的事业。

我是在阳澄湖一片荒芜地上造了一片大楼，至于装饰风景之类的事情，以后则交给晴谷去做了。晴谷加入我的创业团队后，大刀阔斧地进行了改革，也得罪了几个人，他们提出辞呈，他们一走了之。

晴谷有些不快。

我就送了这一句话给他：没有人可以赚得全世界。

这个世界，人与人是不一样的，你信佛，你为众人服务，他信牛鬼蛇神，他搞阴谋诡计，你做事一生正气，他说话阴里阴气，是啊，世间的人心怎么可能一样呢？但有一条，一定要求真，那就是做任何事情，得问心无愧才好啊！

我知道晴谷会比我做得更好！

懂得放下自己的身段

我平常不太关注网上所谓的心灵鸡汤，不过我看了网友南宫若雪转载的《用心做人，用爱做事》一文，其中有一句话让我深有感触："懂得放下自己的身段，未来就会身价特殊！"

它让我想起了张爱玲的一句话："遇见你我变得很低很低，一直低到尘埃里去，但我的心是欢喜的，并且在那里开出一朵花来。"

一直低到尘埃里去，就是懂得放下自己的身段啊！

至今我仍开着一部面包车，虽说面包车不允许送货，但有时候为了省些钱儿，也只好"铤而走险"了。有一次，我去一家日企送货，对方老总看见我，十分惊讶，对我说："蒋厂长，怎么你自己亲自来送货呢？"我说："现在赚钱难，我想省点汽油钱啊。"老总说："那你也可以叫手下员工送货啊，何必辛苦自己呢？"我说："我空着也是空着，再说，我与贵公司有十年没有涨价了，总之能省就省，不想涨价什么的。"老总说："如果我们的供应商都有你这样的好思想，那我们就省心多了！我应该代表日本公司感谢你多年以来的支持。"

晴谷刚来工厂的时候，他的手是不碰这个面包车的，他有开面包车"低人一等"的想法，但是二三年时间下来，他打消了这种虚荣心，现在到外面送货，联系业务，要面包车的时候，晴谷也愿意开这个面包车了。

晴谷懂得放下自己的身段了。

只是晴谷不让我开面包车外出送货了，如需要面包车送货，他就安排其他人开面包车。

我对晴谷说："我在厂里也没有什么事情做，我去送货好了。"

晴谷说："你去送货，客户以为我们工厂小得不得了。"

我说："哪会呢?"

晴谷说："我们要把工厂做大，也要打造好工厂外部的形象。"

这样每次需要面包车送货，我只得把车子钥匙拿出来。

同时，我想我得重新审视一下自己了。

我赞同晴谷的说法。有一回，因为送出的样品有些质量偏差，晴谷被客户的质量经理训斥了一通，晴谷接受他的批评，他回来对我说，我没做好，被他们骂是应该的，但他们骂我只是他们知道，在别人眼里，我仍是老板。

众所周知，海纳百川，成汪洋之势，是因为它位置最低。

我觉得我的儿子有这样的一个心态，他一定能成就大事的！我的希望也就寄托在他的身上！

调高你的起点吧

你细想一想，身边常有这样一种现象，如果你是一个员工，你就会与同单位别的员工比，看自己的收入比他多还是少；如果你是车间主任吧，你就会与别的车间主任比，也看自己的收入比他多还是少。

这就是起点问题。

当兵是我的一个起点。只是，我很没出息，五年兵白当了，没有衣锦回乡。1985 年，我退伍后被安排在乡里做个小文书，还兼了科技档案员、民兵营长好几个职务，哎，到年底我拿的工资却还不如门口看门的老头，这样一比我就很是没劲。

后来，我先后干过蛇皮厂的出纳，又在村办厂跑了十几年供销，经历了无数次的讥笑、嘲讽、打击与屈辱，最终我终于跳槽出来，自己创立了我的正翔，从而开始了自己真正的人生。

我设想，我是一只丑小鸭，哪一天会变成白天鹅呢？

当时我的起点也是一个零。

我，一是没有技术，二是没有厂房，三是没有市场，什么都没有，有的只是我的一种冲动，一种意气风发，一种不服输的劲儿。

我想到了一个人。越王勾践起点只有被敌人夺去的山河和三千越甲。然而他凭着卧薪尝胆的毅力，忍辱负重，最终以区区三千越甲吞并了吴国，夺回了失去的江山。

我还想到了另一个人。愚公移山，起点只是一个担子，然而愚公并没有被王屋、太行两座大山吓倒，他每天挖山不止，最终他搬走了两座大山，开辟了一条通往外面世界的坦途。

老实说，当时我的起点也并不高，我有位同学比我先办厂，他办的是五金加工厂，有二三十个员工，一年产值五六百万元，他便是我追赶的目标。

四五年后我赶上那个老同学了，这时候我的起点定为年产值超千万元。

这些年来，我没有好高骛远，没有急功近利，而是一步一个脚印地向前走，一个碉堡一个碉堡地攻克，一个领地一个领地去占领。好比巍峨的山峰，如果没有山脚下的沙石为起点，怎么会有高瞻远瞩的壮阔画卷？

原来我渭塘的一半厂房出租，晴谷回来后，他说不如收回厂房自己把注塑车间扩大，我觉得他的想法很好，就这样做了。如今，晴谷的起点比我不知高了多少倍，相信这个工厂在他的领导下会办得更大更强。

亲爱的朋友们，调高你的起点吧，你的选择与拼搏，决定你事业的成败。还是那么一句话，风不会把没有目标的船吹向目的地。

人生的春天

你渴望人生的春天，但你得经历人生的冬天。

山野里开满了各种不知名的小花，一朵一朵，若冬天不死，到了春天就不是它的世界了。其实，一个人就是一朵花啊，花开又花落，自生又自灭，这有点像是宿命。

有人说，青春是人生的春天。

18岁那年，我去北国当兵，我在雪地里站岗放哨，我在淮河里畅游训练，我还奔赴抗洪前线，我的青春因为这身橄榄绿而闪亮，可是青春一闪就过去了。

我的青春算不得人生的春天，有些落寞，有些惆怅，有些不得志。

然而，春天里的蒲公英是爱做梦的。

我就是一朵爱做梦的蒲公英，做那个人人都想做的会飞的梦。直到四十岁那年，我才开始迎来了我人生的春天。我奋不顾身自己跳出来开厂了。

然而，我却决然地斩断了自己的退路，让自己置身于命运的悬崖之上，我多么希望长一双翅膀可以自由地飞翔。

　　然而，我也明白，生命历程中，爬上悬崖的人，看到的天空不是更宽阔辽远吗？

这是当年我写的诗。

欲为诸佛龙象，先做众生马牛。

我不怕吃苦。

为了做大我的工厂，即使让我做牛做马，我都愿意。

比如为了赶一趟货，我曾有半个月没有回家睡觉，与员工一道在车间连续作战。比如2008年的一场金融危机，又一下子把我打倒在阳澄湖水底，险些把我淹死（我投资几千万元建造的厂房没有人来租），但最后朝霞又照在阳澄湖水面，而我也是浮出了水面，我又轻轻地开始在湖面上开始飞翔。

　　是啊，只有你拥抱过寒冬，你才会感觉到春天是多么美妙。因为，只要你付出智慧与汗水，你就会迎来人生的春天！从此后，我就像一只蜜蜂在春天的花田里飞舞。

你也不比别人强

有人评价我的诗有点汪国真的风格，这真是抬举我了，然而我喜欢汪国真的诗，这是不争的一个事实，因为爱屋及乌吧，我还喜欢他的散文，有一篇他写的散文不长，却富有哲理，引人遐想。这里，我抄录于此：

一个人成功的因素真是很多：天时、地利、人和等等。我们有时会有一种感觉，最有名的书法家，不一定是字写得最漂亮的；最有名的作家，不一定是最有才气的；最有名的歌手不一定是歌唱得最好的。实际情形也是如此。明白了这种情形，没有成功的时候便不会自卑，知道自己不一定比别人差。成功的时候便不会傲慢，知道自己不一定比别人强。就像一句名言说的那样：没人比你好，你也不比别人强。

我想到了另外一句话："不以物喜，不以己悲。"

这个世界比我好的人比比皆是。

我的阿舅徐坤元便是一个。

他从集资 3 万元起家，经过二十多年的艰苦努力，现在他的公司已经是国内压铸的龙头企业，他为许多国内外知名品牌提供压铸铝件，他所取得的成就让我望尘莫及。与他相比，我所取得的一些成就，真的显得微不足道了，真的是"你也不比别人强"。

与阿舅比比，我就感到自己差距很大。这时候，你就没有在别人面前趾高气扬的样子了。

惟有低调。

即使那些比我钱少的人，他们也有可贵的东西值得我去学习。

网友花子本来在某个小商品市场三楼开了一家服装店，当初她是花了几万元才把这个店面转让过来的，但这几年实体店生意越来越不好做，她的生意也越来越不好，所以她只好选择关门，至于那个门面转让费则一分也没了，因为没有下家接手。

我问她，你以后做什么呢？她说，看看再说吧，或许在网上开个网店，在网上做点小生意之类。她还对我说，你也得改变思路，办实体也可以在网上寻找出路。

我告诉她，目前我微信还不会玩。

她笑着说，你太落伍了。

我只好承认自己是笨人。我问她，你在网上做什么生意呢？"袜子啊。有个朋友三四个月赚了四万多元，这才叫做生意呐！"她又笑着说。我想，拥有这样微笑的人，她的未来应该仍然是阳光明媚的吧。

你不比别人强，我说的就是我自己。

我想起一句老话："天外有天，山外有山。"

失恋也是一首歌

　　那年我十八岁，我要当兵去了，第二天我就要走了，我想找到她，对她说一声，我要走了，你一定要等我回来啊！那天夜里，我悄悄地来到她家，看见她家大门关着，屋子里有微弱的灯光，因为窗帘拉着，屋子里的情形就不知道了。

　　我在她家的屋后徘徊了二十几分钟，应该说我是知道她睡在哪个房间的，但我没有勇气敲打那个窗户，最后我是悄悄地来，又悄悄地走了。挥一挥衣袖，我不带走一片云彩，但见黑夜里我的影子那么长，那么长……

　　第二天，我坐上了大队一只机帆船，大队组织青年人敲锣打鼓送我当兵去。我看见在岸上，她也出现在欢送的人群中，她穿着一件红红的衣裳。

　　到了部队后，我没有直接给她写信，我怕我的信被她父母亲发现，当时我就知道有一种道理，叫欲速则不达。我委托一位同学亲自转交我的信，好像我给她写过三封信，但我没收到过她的一封回信。当时，我安慰自己道：她比我小两岁，还在读书，等她高中毕业以后再说吧。

我想，我也只有十八岁，她才十六岁，我们有的是时间，来日方长么。

　　一年后，同学来信说，有一件事情透露给你，她与大队书记的公子吃了定亲饭，你以后就不要指望她了。

　　我不相信这是真的。

　　我们曾经约好海枯石烂不变心的呀，你怎么可以这样背信弃义呢？

　　我讨厌死那个大队书记的公子了，是他夺走了我纯真的爱情。

　　也就是从那时候起，我就默默地给她写日记，我写了三个日记本啊，记述着我对她无尽的思念，记述着我的爱恋，我的忧伤，我的失落……满纸辛酸泪。很可惜，那三个日记本在我当炊事员的时候，有一次连队查禁小说《少女之心》，我把它们付之炉膛一把火烧毁了。

　　事情有点戏剧性。那女孩很不满意父母安排好的这一个婚姻，她又去学校复读，一年后她考取了苏州大学，自然她与大队书记公子的这一门亲事也黄了。

　　当同学告诉我这个事情，我竟然有点幸灾乐祸。

　　此时的她是大学学子，而我只是一个小小的士兵，我已是高不可攀了，于是我对自己说，你得好好努力，你得做出一番事业。

　　失恋也是一首歌，失恋让我尝到了失败的滋味，失恋让我重新认识自己，从哪里跌倒就从哪里爬起来，还有，一个人风里雨里要好好地走。请相信，走过去，前面就是一个艳阳天！

　　感谢生命里有过的那么一次失恋，真实且难忘！

浮舟在生命里

十八岁那年，我去了北方，在淮河经过的一个城市蚌埠当了一名舟桥兵。当湖面上许多只浮舟连接在一块的时候，就像一条巨龙浮在水面之上，成群结队的军车从浮桥上一一驶过，驶向彼岸，浮桥顿时变成了连接两岸的纽带，变成了一座压不垮的钢铁长城。

但我身为舟桥兵，并没有搬过那一块桥板，你看两个士兵抱着一块桥板健步如飞，你知道，那一块桥板有多重吗？

我告诉你，一块桥板重达八十公斤！

当年啊，有一些战友因为搬这个桥板手指断了，这不是我杜撰的。

我们是舟桥兵，无数的汗水与鲜血洒在淮河里了，才有了长长的浮桥。浮桥的影子也是长长的啊，几十年光景过去了，它还在我的心里那么长，那么长。

虽说当年我没有搬过那个桥板，但我也算是一个舟桥兵，这是谁也无法抹去的一个权利。正像浮舟永远地留在我的生命里了。人生就是茫茫的一条湖啊，风与雪吹打着小舟，小舟摇摇晃晃的，甚至于把小舟的倒影都吹乱了。而你就坐在这一叶小舟上，你不想随波逐流。那么，就请你拿起手中的木桨，你就奋力地划桨吧。请记得，风不会把没有方向的船送到目的地！

去年十月，我又一次回到了军营，回到了淮河。亲爱的战友们与蚌埠新闻班的同学们，再一次相聚真的分外激动啊，一别就是三十年了。而我看着墙角那些桥板有的已残缺，有的已腐烂，我才知道架设浮桥已是昨日旧事了。

我住的那个营房已成了一片菜地。

只有那个围墙边的哨所犹在。

小小哨所，好多次我在这里站岗，夜晚我对着星星，思念家乡，黎明我对着月亮，对自己说我要衣锦回乡。

我在那里写下了一页又一页青春的手稿。

现在我重新站在哨所，我对自己什么也没说，我只想哭啊，你可记得我的青春，我再也回不到青春去了。

我在那里听到了狗吠。原来这里是一片开阔的荒地，不见人烟。现在透过哨所的窗口望过去，视线都被一幢幢高楼大厦挡住了。有一缕风吹拂，它们翻飞那些破旧的手稿。

在路上，只有浮舟一直在我的生命里，雨打黄昏，我不退缩。当庆幸，在我的人生之初就与她相遇了，从此我们不离不弃。

浮舟，你是我飞翔的跑道！

第三辑　我们是多么卑微

我们唱着一首歌，世上只有妈妈好，可是我们是多么卑微，我的母亲正在遭受身体病魔的侵袭，而我却只能眼睁睁地看着母亲暗自流泪。我多想让母亲晚年过得安康与幸福啊，所以找一个机会，我还得动员母亲去换那一只脚的股骨。

石榴树，柿子树

　　我家的别墅里有两个小院，南面的小院里，我们种植了几棵树，一棵石榴树，一棵柿子树，一棵橘树，还有几棵花树。北面的小院里种了几株青竹，开始只有七八株竹子，现在竹子长得一簇簇的，竹子多得数不清了。

　　我喜欢南面的小院。

　　冬天的时候，这个小院不太好看，石榴树与柿子树的叶子都掉光了，那树枝光秃秃的，我甚至怀疑它们是不是死掉了。种植这些树的第一年，我看到这种情景便对妻子说，这几棵树可能死了吧。妻子说，不可能，春天它们会醒过来的。

　　于是，在冰冻的日子里我盼望温暖的春天，盼望这几棵树重发新枝。

　　就是觉得冬天漫长漫长。

　　当漫漫的大雪压着石榴树、柿子树时，我又一次为它们的命运担心了，它们没有树叶，好像我们人类没穿衣服一样啊，它们会不会被冻死呢？

冬天终于走了。

春风来了。

这几棵石榴树、柿子树真的活过来了。我每天都去察看它们，先是它们的树枝上冒出一点点绿芽儿，然后那绿芽儿就长成了一片片绿叶，在不知不觉中，它们都花开了，石榴花粉红的，柿子花也是粉红的，整个春天它们都盛开着。妻子说，你不要每天去看花朵啊，花朵会难为情的。我说，花朵又不是小姑娘，看看又有什么关系呢？

可是一场暴风雨袭来，一树的石榴花都被打落在地了，就只有几朵花留在树上，而柿子花虽说也有被打落在地的，但仍然有许多花朵留在树枝上。看着这些掉落在地上的花，我为它们着实担心。我有个想法，一棵树只有开花了，结果了，它才是真正的树。好像一个人只有努力了，做出事业来了，才是一个大写的人一样呵！

昨天午后，我又来到了南面这个小院里，仔细端详着石榴树与柿子树，在茂盛的树叶丛中，只看到石榴树上长着一只石榴，如果不仔细寻找还不一定发现它呢？我像哥伦布发现新大陆一样，对妻子说，石榴树上有一只石榴。妻子说，在哪里呀？我找过石榴没有看到有石榴啊！我便指给她看，她便看到了，她说，如果它不长石榴，我就考虑换树了。

原来是这样啊，因为它长了一只石榴，而保住了一棵树。

而柿子树上长满了柿子，它们的颜色是绿的，就像一只只绿的小南瓜挂在树枝上。如果我是一个画家，我就想画这一棵柿子树，它已给了我一种画面上的审美……

想起去年柿子成熟的时候，我采摘柿子，妻子关照我，有被小鸟咬过的柿子，你不要采摘下来。我问，这是为什么？妻子说，既然被小鸟咬过了，采摘下来也没人吃，不如将它留在树上，让小鸟飞来吃吧。

我是一个实用主义者，我爱石榴，我爱柿子，我爱一切好吃的果子。只因为，在这样的小院子里，我感到自己又是一个幸福的自由人！

很多时候，好运气在于自己争取

不知道在哪一本书上看到这么一句话的：很多时候，好运气在于自己争取。

每个人都渴望有好运气，我知道，一个人的好运气一定与他的努力分不开。如果你不努力，国家再怎样强大，你仍是小棋子一枚，你没有什么骄傲的呀！

这么说，肯定有些不同的声音，但我是有备而来的，这里我想给你讲讲我的故事。

我的渭塘工厂，原来有一幢近两千平方米的厂房一直对外出租，这么说吧，一年收房租还有电费收入应该有 50 万元吧。五年前，晴谷来了，他对我说，这个厂房不出租，我们自己用吧！

真的，当时我有点忧虑，每年收入 50 万元这是到手的，如果自己使用这个厂房，一年能不能赚这么多，对此还说不清楚。但考虑到这是晴谷的想法，因为我口头上讲要支持儿子工作，总不能与他唱反调吧，所以我对他说，那好吧，这个厂房到年底期满就不租了。

然后，到期了，厂房就收了回来。

然后，我叫人花了十几万元做环氧地面，把车间装扮得漂漂亮亮的。接着，把几台注塑机搬了过去，又花了近两百万元添置了几台大型的注塑机，一个初具规模的注塑车间诞生了。

不久，我的一家大客户带着德国朋友来了，他们看了我的这个车间表示很满意，当下就给我下达了一个汽车塑料件，如今这个塑料件已经大批量生产，今年已做产值有五六百万元，明年做一千万元没问题，所以近期我又买一台立式注塑机，还在制造两副备模。

如果晴谷不说"不租"，那么这样的机会也轮不到我们。

显然，晴谷比我更有眼光。

所以，你想得到好运气，就要有长远的眼光，还得努力地追求，快乐在路上，那么好运气自然就会降临。

需要有点自我约束

可以欣喜地告诉大家，自 2002 年 9 月我开厂以来，我从来不在中午喝酒，一次也没有，即使陪客人，我都讲明原因，做到滴酒不沾。因为出来开厂时，我就对自己说，中午决不喝酒。

关于喝酒，让父亲吃亏很大。

父亲生前是村里的老书记，当干部几十年，依然是两袖清风，我的小姑妈支边去新疆，邻村有位大队书记叫父亲一块以考察名义去新疆，至少来回车费可以村里报销，但父亲说这是假公济私，个人不能揩集体油水，所以姑妈在新疆支边五十多年，父亲从来没有去过一次。

可父亲喜欢喝酒，村里不少群众对我父亲很好，他们就经常请父亲喝酒，而父亲一喝酒，脑子就糊涂了，有时候大笔一挥，就把村里的粮油批给群众，等父亲酒醒了，却记不起有这样的事。

有一次，父亲险些被撤职。

那天下午，乡里领导要到村里检查工作，村副书记对父亲说，中午你可以喝酒，等乡长过来，我来接待。父亲说，不行，被乡长看到我喝酒，那他肯定处分我的。副书记说，你找个房间睡觉，不理乡长就是了。说完，他叫别人到小店买了两瓶高度白酒，递给父亲说，你尽管喝酒，乡长的事情有我来负责。父亲信以为真，找了几个人喝酒了。下午 2 时，乡长来了，乡长问，老蒋人呢？那村副书记说，他中午喝酒了，就在旁边房间睡觉。乡长大发雷霆，一脚踢开房门，对我父亲说，我回去建议乡党委立即撤销你村党支部书记职务，你回家当农民去吧。

父亲被眼前的一切吓呆了。

父亲做梦也没想到副书记想抢班夺权。

父亲因为喝酒险些被摘乌纱帽。

换一种活法吧，我不想继承父亲喝酒的传统。我们村里老板多，刚开厂时他们中午经常聚在小饭店喝酒，我去了一二次就不想去了，在我眼里，这样的吃喝就是浪费，而且中午一喝酒，什么事情都干不了啦。所以，后来我就不参与他们的吃吃喝喝了。

我明白，一个人能够成功，就是能够改变自己。所以，我要改变自己，先从中午不喝酒做起。懂得自律，才会让我们的人生稳妥；懂得自我约束，才会让我们的人生无憾。

一鼓作气

　　中国有句成语，一鼓作气。想起这句成语，我就会想起我们全家人脱粒的故事。这个故事发生在三十年前，当时我刚从部队退伍，对做农活很生疏，挑担都不会，但家里有十几亩农田，我必须学会做农活，倘若我不做，那父母亲，还有哥哥嫂子，还有弟弟他们就要多做，这是我于心不忍的。

　　我家有二亩半稻田藏在田中央，前不着村，后不着河，而田里的水稻只能靠肩膀挑出来。当时父亲六十多岁了，他体弱多病，但也拿起扁担挑稻，哥哥说爸爸你就不要挑稻了，我与兄弟俩个人挑稻吧。父亲说，三个人接力总比两个人接力省力，我的老骨头还挑得动。父亲和哥哥都照顾我，让我夹在他俩当中挑稻，而哥哥起担，起担是需要力气的，父亲从我肩膀上接过水稻担子，将一担水稻挑到自家晒场上，顺便还要将这一担水稻堆成稻堆，因为晒场不大若不将水稻堆成稻堆，整个晒场堆不下那么多水稻的。父亲是种庄稼的好把手，很可惜那一代人做农活是经历最苦的，而挣钱也是最少的，那时农村社员挣的是工分，而工分有时还有"透支"的现象出现。

我真的不会挑担，两亩水稻挑到晒场，结果发现我的肩膀上血迹斑斑，原来我肩膀上的一块肉被竹扁担夹掉了，母亲见此心疼得不得了，而我自己倒是不以为然，我说我挑稻外行，多做几次以后就会挑稻了。

这下，两亩半水稻全部堆放在晒场上了，水稻堆积得像一座小山。傍晚弟弟下班了，他也加入了我们的劳动行列。弟弟年纪轻，干劲十足，他对哥哥说，今天开夜班把这些水稻全部脱（粒）光。父亲说，两亩半水稻要脱粒一夜天了。弟弟说，一夜天就一夜天，我准备一夜不睡觉，反正到天亮把这些水稻全部脱粒好。

脱粒机响起来了，晒场上顿时灰尘飞扬。脱粒明确分工，父亲负责耙谷（脱粒前脱下的乱柴拖走），哥哥在脱粒机后负责搬水稻，一头水稻四五十斤重，搬一头不累，搬一百头水稻就累死人了，而我们四个人负责脱粒，四个人就是母亲、嫂子，还有我与弟弟。因为稻把里有野草，容易被脱粒机的勾子勾牢，稍不留神就要出伤人事故，所以嫂子对我说，如果拉不住稻把，宁愿放手，宁愿脱粒机堵塞，不希望伤到人。

到了半夜，母亲说，要不休息吧，明天白天还要下田做活的，不然做农活没有力气。

哥哥说，我随便，如果两个兄弟要做下去，我奉陪。

弟弟说，当然要把这些水稻全部脱好。我说，一鼓作气的好！我们都劝父母亲睡觉去，父亲仍是那么一句话，我做掉一些总归少一点，这样也好早点收工。母亲说，我不困，再说几个儿子在干活，我做娘的在床上也睡觉不着。看来全家人都是雄心勃勃，大有不做好活誓不下战场的势头。

村子里到处都有脱粒机轰鸣的声音，原来也有好几户人家在脱粒哩。比如我的邻居一大台脱粒机只有一个七十多岁的老好婆在脱粒，而她家的其他人都在睡觉，而我们都在为老好婆的安危担忧，他们一家慢性子的性格与我家风风火火的性格完全不在一个档次上。

把场上的水稻都脱粒好了，继而我们又支架扬谷的架子，将稻谷与乱柴全部分理出来，一大堆稻谷便在晒场上呈现了，这一堆稻谷是父母辛苦的劳动成果（平常有父母管理稻田），也是我们全家人一夜劳动的成果。

这时，天亮了，而新一天的劳动又拉开了序幕。人是要有一点精神的，那时候我们全家人都是这样的精神抖擞，仿佛有使不完的劲，而我的人生因为做过这么劳累的农活，所以干其他的事情也觉得不怎么累了。

我就是一只河蚌

如果不是它的泪水揉搓打磨
如果不是最后那石子变得珠圆玉润
璀璨夺目
这只蚌，有什么好骄傲
有什么值得它一生瘫软在龌龊泥涂
忍受烈日的炎烤

我们都赞赏珍珠的晶莹，可是又有谁看见过河蚌流的眼泪呢?

我就是一只河蚌。

当我沉在河里，河水阴森森啊，有一股浊流险些一口生吞了我，我的身心冰凉冰凉。因为是宿命，我就默认了，我就要把眼泪化成一块石头，化成世界上最美丽的一块石头。

即使是一只河蚌，也有绽放美丽动听的时刻。

记得 2007 年秋季，远在新疆的小姑妈一个人返回苏州探亲，因为老祖母瘫痪在床上，小姑妈回来见老祖母最后一面。小姑母为老祖母的身体担忧，也为我的事担忧。我的事就是到阳澄湖买土地的这一件事。

父亲对我说，你买的土地太多了，借那么多钱你准备怎么还人家啊？

我对父亲说，厂房建造好后，就有房租收入的，还有我这边的工厂收入，还钱应该不成什么问题。

我从来不服输。

小姑母对我说，你这个侄子怎么胆子那么大呢？像你借几千万买地造厂房，我回新疆去讲给别人听，他们都不会相信。小姑妈既为你这个侄子创业高兴，又为你担心，你身上的担子真的不轻啊。

我对小姑妈说，姑妈你放心，现在买土地便宜，因为现在政府鼓励我们投资创业，你看不消过几年，土地就要紧俏了，到时投资的成本就大了。

小姑妈又对我说，你好婆跟我讲，我们蒋家都靠你这个孙子了，说你是"蒋家的玄妙观"，虽说姑妈在新疆也帮不了你什么忙，但祝愿你能够成功，这样姑妈脸上也有光彩啊！

我对姑妈说，我的父亲母亲穷苦一生，他们带大我们弟兄三人真不容易，还有老祖母为我们三个孙子的成长操劳了一生，现在她瘫痪在床上，我要报答他们的养育之恩，所以我必须去闯天下。

小姑妈说，你买地应该是一件很开心的事，可就是你太辛苦了。

……

最后发现，我这一只河蚌百炼成珠了。

上个月，我打电话给小姑妈说，我买土地的两三千万元借款还得差不多了，请姑妈不用担心了！

小姑妈说，我知道你是我们蒋家最有出息的孩子！

我就是一只河蚌，我丑可我很温柔。

热爱

热爱是什么呢？晴谷没回到工厂之前，这是我一直在思考的问题。我出来创业的时候，妻子嘴巴上反对我，但她拉不住我。阿舅拉不住我，他对我说你要开办一个厂不容易的，办厂可是一个系统的工程，各方面都得做好，他还答应把我买回来的几台机器拖到他的厂里，就是将机器卖给他们，但是我义无反顾出来了。

事实证明，当初我跳槽出来是英明之举。

是的，为了办好这个工厂，我是满腔的热爱啊，因为当初妻子反对我办厂，所以我遇到困难不能对她说，如果你厚脸皮，不识趣，你在她面前诉苦，她会白你一眼道：我又没叫你出来开厂，你自作自受。

所以，我对自己说，天塌下来，我自己扛。

这里我也不说我创业与吃苦的故事了，我已经说的够多了，而这些故事无一例外都是热爱所馈赠。因为热爱，我可以十几天不脱衣服睡觉（在车间值夜）；因为热爱，我可以背负几千万元的债务；因为热爱，我可以忍受所有困苦的煎熬。我相信，只要我抓住机遇，奋力拼搏，我的事业一定会越来越好！

4年前，晴谷大学毕业并在外面工作两年后回来了。

有一次我喝酒多了，我问晴谷，你认可爸爸吗？

晴谷一脸严肃地说，如果我不认可你，我就不回来了，爸爸，你说对不对？

他的回答让我满意。

第一年，晴谷与一个车间主任发生了矛盾，他就有了消极的想法。那天晚上，在家里，晴谷对我说，我不做了。而我知道，我出来创业经历过无数的困苦，而晴谷不想干也是其中的一个困苦吧。我对他说，可以，你要么到别的公司上班，要么你自己去寻找做什么吧。

第二天我赶早到工厂上班去了。

只是相隔二十几分钟，晴谷开着小车也来到了工厂。他叫了我一声爸爸，又到车间里转去了，而我当什么事也没有发生。几年下来，现在你要赶走他也赶不走他了，因为现在他已经深深地爱上了这个工厂，还有这一份冲压的事业。

就像一棵树，深根固蒂了。

信用

前日，村里召开全体党员会，我遇见一位七八十岁的老党员，他对我说，你父亲是个好人啊，我做生产队农技员多年，现在我农保能多拿一些钱，就是你父亲签字做了证明。

你父亲真是一个好人啊，他又说了一遍。

我真是沾了父亲的光啊，三十年前父亲是大队书记。

2006年下半年，我到阳澄湖投资土地建造厂房，开始举债，村里群众闻讯竟然纷纷拿钱借给我，其中有个老农民他手头只有积蓄二十万元，他有两个儿子，都不将钱寄存在儿子身边，而是相信我，把那个钱都借给了我。他对我说，你父亲是怎样一个人，我知道得比你清楚，看在你的父亲那么诚实的基础上，你借钱，我就放心。

没几天，一千万元便借到了。

那天，9队有个村民，他拎了二十万元现金找到我，他把这些钞票在我面前扬了扬，然后放在桌子上，对我说：这是我刚结到的工程款，我也没有什么大事需要用钱，你拿去用吧，随便你什么时候还我好了。我我借的钱已经够了。他说：别人出高利贷，我都不借，我就是相信⋯！

我没收下他的钱，他还很不高兴哩！但他逢人便说，你们借钱给老蒋的儿子，你们一百个放心。

老蒋的儿子便是我也。

有一天，我回到老家，邻居婶婶悄悄地问我，你怎么不到自己生产队里借钱呢？她还说，她们老夫妻有积蓄三十五万元，别人不借了，你要借就借给你。

我说，暂时不借了，如果需要我来借。

邻居婶婶说，你大叔说的，借给你钱好像保险箱，那是十拿九稳的，现在外面借钱利息出得高的也有很多，但不保险，有的连本金都拿不着，很可怕的呀。

我说，婶婶你说得对，借钱出去就得眼睛看准人。

本来借钱的时候讲好利息是多少多少的，但妻子说，都是村里的亲朋好友，你的利息可以付得大一点啊，于是我便提高了二个百分点，加上利上加利，一年也要多支出利息好几十万元吧。

所谓的得失两相宜，由于我多付了一点利息，便得到了好的口碑，蒋坤元是保险箱的名声便在渭塘传开了。今天，我把所借的亲戚朋友的钱连本带利全部还掉了，我实现了当初的承诺。

我想说，一个人如果不能挣到很多的钱，这并不要紧，要紧的是一定要有一个好的名声啊！有的人钱没挣到，名声却搞坏了，真要是这样，那也是没有办法的事情了。老话道，牛吃稻柴鸭吃谷，各人头上各人福。我想，这便是各人的命运罢了。

母亲与书

父亲已走三年多，当时他许多遗物被我哥哥弟弟一把火焚烧了，他们觉得这些都是没有用的破旧东西，但他们不知道有些东西是很宝贝的，至少对我家来说是我家的文物，比如父亲的书籍、日记本与照片，比如父亲使用过的某些物件。

我没有责怪他们，只是心里很失落。

不过，隔了一段时间我回家看望母亲，她捧出一本书，对我说，这是你爸爸喜欢的一本书。

这是一本《毛泽东选集》。白色的封面已经有半张不见了，但《毛泽东选集》五个大字仍在。

我问，你哪里找到的？

母亲指着底下一个木箱说，你爸爸把这一本书放在这一只箱子里的，这一本书跟着你爸爸几十年了。

我问，你知道是什么书吗？

母亲说，是毛主席语录吧。

母亲不识字，但她仍然能说出这一本书是关于毛主席语录。这并不奇怪，因为我的父亲一生是毛主席思想的追随者，他做过多年大队党支部书记，勤勤恳恳，任劳任怨，两袖清风啊，自然我的母亲也默默地在背后做好干部家属，不拖父亲的后腿。

　　我的父亲母亲他们这一代人都是有信仰的人，他们信仰马列主义、毛泽东思想，虽说他们一生没有摆脱穷苦的命运，但他们仍然坚决拥护毛主席，永远听毛主席的话。

　　我觉得我的父亲母亲也是很了不起！

　　母亲，其实我也是你的一部书，如果没有你，我连一粒尘埃也不是。我现在看着你给我的这一本书，我觉得眼前有太阳在冉冉升起！

无须羡慕他人

母亲不识字，她没有什么政治觉悟，不像我的父亲是老党员、老干部，有一点政治素养。几年前，父亲走了，母亲一个人住在老家里，还好哥哥就住在我家的屋后，平常的日子有哥哥照顾母亲的。如今母亲78岁了，身体其他没有什么毛病，就是去年有一只脚换了不锈钢骨头，以至走路有点不太方便。

医生关照母亲不能做重活，我的妻子也告诉母亲，你不要干活了，好好休养身子吧。但勤劳一生的母亲硬是闲不住，还是瞒着我们要种青菜、种萝卜什么的。去年，她还在门前的田里种植了好多棉花，到了棉花收获的季节，她拄着拐杖去田里采棉花。那天，我正好回家给她送些食品，看见这个情景，我对母亲说：妈呀，你采一朵棉花不知道我要花多少钱呢？

你知道，为了给母亲这个脚换骨头，我花掉近十万元。

母亲拄着拐杖从田里走出来，说：我刚刚下到田里，就被你看见了。

我指着筐子里的棉花说：这个棉花是谁采摘的呢？

母亲说，是你阿姐（妻子的二姐）采摘的，她刚走。

我对母亲说：棉花烂在田里，你也不要去采，明年你再种棉花，我就一把火烧毁它。

母亲没说什么。

母亲看见我买了两包食品，说：你上次买过来的饼干还没有吃完，你怎么又买了这么多东西呢？你自己手头很紧张，如果有一天你身上没有债务了，你买过来的东西，我吃才踏实啊。

我说，我这一点债务已经很正常了，你不用操心。

母亲笑了一下，对我说：村上某某人买了一套房子，买的时候每平方米六千元，现在涨到一万多元了。说这话的时候，母亲的脸上满是羡慕。

我对母亲说，妈，你无需羡慕他人，就说这个房子，今年春节之前我一下子买了两套，比某某还多出一套呢？

我接着对母亲说，父亲在世的时候，你一直在父亲面前羡慕某某人的（某某人当时是村书记），羡慕他一年收入有二三十万元，他的妻子不用在田里干农活，但每个人都有每个人的快乐啊，你看现在你不是也挺好的。

侄女也对我说，好婆天天羡慕别人的，我对她说，叔叔是我们生产队最大的老板，不知道有多少人在羡慕叔叔呢？

我知道，我资产有多大，母亲并不搞得清楚，但生产队里谁买了房子，谁卖废铜废铁赚了多少钱，她是摸得清清楚楚明明白白的。

我惟有祝福母亲晚年幸福，健康长寿！

我常对自己说，好好活

有朋友对我说，你现在成功了，收收房租都吃不完用不完，你该好享受享受了。

我笑说，还不到时候。

我的父亲逝世时享年 77 岁，这个时候他还是联队队长，虽说做这个队长每年报酬只有二千多元，但父亲把这项工作当作一本正经的事业来做。我曾劝他，你年纪大了，就不要做这个队长了。父亲说，不做这个队长一天到晚呆在家里也是空虚，让我在村子里跑来跑去，一个是了解村子里的情况，二个是身体活动了也不会得什么痴呆症。

父亲说这话也是一本正经的，我想只要父亲觉得快乐，那快乐的事情就得让他去做。所以，我便一直支持他做这个联队队长了。

在我的印象中，父亲一直是一个认真工作的人。他七十岁的时候还不闲着，去附近工厂做门卫，那个厂叫宝时得电动工具公司，是苏州在渭塘设立的分厂，其厂长找到骑河村书记，想找一个老党员或者老干部看门，书记便向他推荐了我的父亲。父亲爽快地答应了。

他看门十分负责，有一次看见一个员工裤袋鼓鼓的，他就不让那员工出门，结果查出那员工身上带了几块铝出门。母亲知道此事后对他说，你现在老了何必去得罪人？父亲说，我每月拿一千多元工资的，这个钱不能白拿。大概二三年后，宝时得要搬走了，许厂长叫父亲跟他们一块走，父亲想跟着去，由于我与哥哥弟弟都劝他干了革命工作一世，也该好好歇歇了，他才快快不乐地没有跟着宝时得走，只是他一直念叨，这个宝时得，这个许厂长对他是如何如何的好，他是如何如何不舍得放弃这个工作。

父亲从查出患肝癌到病逝只有三个月时间，这是我们没有想到的，父亲自己也没有想到，做了第一次化疗后，父亲回光返照竟然精神蛮好，他坐在病床上，等这次出院后要买一部电瓶车，那一部自行车都散架了。我觉得，父亲骑自行车安全，如果骑电瓶车则有危险的，万一摔跤的话那后果就严重了。所以我对他说，阿爸你不要买电瓶车。父亲说，不买电瓶车，我要上街买菜怎么办？我说，你仍旧骑自行车啊！父亲说，村庄里几个年纪大的人都在骑电瓶车，应该没有什么问题的。我对父亲说，他们是早几年就会骑电瓶车的，你现在八十岁学打拳，手脚不灵活了，骑电瓶车风险存在的。父亲很不高兴地说，反正我出院就要去买电瓶车的，有很多老人骑电瓶车，我没听说过有老人骑电瓶车被摔死的，人倒霉的时候，吃口冷水也要被噎死的。

我觉得我真的不好，每当想起这件事，我心里就难过。父亲生前有这样一个买电瓶车的愿望也被我剥夺了，病魔无情地夺去了父亲苍老的生命，也夺去了他想买电瓶车的愿望，我这个做儿子恍恍惚惚的，带着一种内疚怀念我的父亲。

我常对自己说，好好活。

父亲生养了我们弟兄三个，就我一个人做着开厂的事业，至于哥哥与弟弟也是一般的打工者，他们的经济收入并不高，所以我要把这一副重担挑起来！不仅要照顾好年迈的母亲，哥哥弟弟倘若生活遇到困难，我也要伸手帮助他们。尤其是我的哥哥，他文化低，脑子又迟钝，如果我不照顾他，今后他怎么在这社会里生存真是一个大问题呢。我不能袖手旁观。

　　我觉得，一个人为别人活着，哪怕是为自己的亲人活着，这样的活着就是有意义的！

挨着猪棚过日子

这是一个很老的故事。

1985 年 12 月，我退伍回来就结婚了，新房是 3 间低矮的平房子，这是父母亲为我结婚造的房子，本来父母亲在老宅地建造了 4 间平房子，长子为大，自然东面两间分给哥哥，西面两间就分给我。后来乡下形势有点好转，结婚新房两间嫌少了，这样父母亲干脆将 4 间平房子全部给了哥哥，而另起炉灶又建造了 3 间平房子。

平房子的地面是用青砖头铺设的，所以高地不平，妻子带过来的嫁妆都放置不平，一年下来嫁妆都变形了。我对妻子说，要不这地面铺水泥地？妻子说，不用了，我们就造楼房吧。

而我与妻子都想搬离那个地方。

因为我家东面有一个猪棚，那是东面人家的，他家饲养了一头老母猪，尤其是在寂静的夜里，那老母猪叫个不停，还有我家与他家交界处有一棵很大的杨梅树，所以我们一年到头不能开窗户，那猪粪臭气熏天，也不能在外面晒衣服，因为那杨梅会掉在衣服上，那种红颜色洗都洗不掉。

父亲找到那户人家，叫他们可不可以不饲养母猪，他们夫妻俩说，我们不养母猪你养我们吗？父亲叫他们拔掉这一棵杨梅树，他们夫妻说，这一棵树在我们的地盘上关你们什么事呢？

父亲气得无话可说。

但我对父亲说，我们要搬出去造楼房时，父亲不相信自己的耳朵，他对我说，你说话不知道轻重，你哥哥准备造楼房好多年了，到今天还没有实力造起来。

父亲不相信我们造楼房。

而住在这个平房里，就是挨着猪棚过日子，这样的日子我与妻子过了一年半，然后我们向亲友借了 2 万元钱就在村庄最东面的一块耕地上造了一幢楼房。为了省钱，那些石头都是我与妻子自己搬运的，当时妻子想出了一个好办法，她借来一部手推车，然后我们用绳子将大石头拉到手推车里，这样最大的石头搬运也不在话下了。

我家的楼房是生产队第一幢楼房，我们住在宽敞的楼房里，我们的心情是多么的舒畅，真是感觉扬眉吐气啊！因为我吃过东面人家的亏，现在我成了东面人家，所以我家从来不在与西面人家的交界处放置什么东西，我们与邻居和平共处，就像一家人一样的。

如今这一幢楼房还在，仅老母亲一个人住着。我曾想租几间房子出去，但老母亲很不乐意，那我也就只好作罢，只要母亲晚年幸福就好！

我希望这房子永远不要拆迁，或许以后我成了名人，那就是一个名人的故居了，嘿嘿！

不是没有机会，是你懂得太少

有位年轻朋友向我感叹，你们那一代人好啊，能便宜买到土地，能便宜买到房子，哪像现在都没有发财机会了。

初听此言，感觉此言不无道理，但仔细一想，还是值得商榷的。我们这一代人是相当幸运，正赶上了祖国大发展的时候，"允许一部人先富起来""胆子大一点，步子快一点"，那时的口号都是这样的鼓励，而现在的口号是这样的："不要金山银山，只要青山绿水"，等等。这就让感觉做什么都比以前困难了。

所以，不由得让人感叹，做事业也要趁早啊。

我在一本书上看过这么一句话：一个人要做一件事，常常缺乏的是迈出第一步的勇气。但如果你鼓足勇气开始做了就会发现，做事最大的障碍，往往来自于自己的内心，更主要是缺乏自己行动的勇气，再往下做就会有顺理成章的事发生。

对此，我深有体会。

原本我在阿舅公司跑销售，一年收入也有十几万元，但我妻子是一家公司副总，她收入比我高多了，所以我觉得我也应该自己做厂，这样才不比她差。所以，2002年9月我自己跳槽出来开厂，妻子极力反对，但没用，无法动摇我办厂的决心。刚办厂就开始想买土地，但我们村主任不让买地，只好租了11亩地，然后建造厂房，加上添置机器，我自己一百多万元远远不够，所以向亲朋好友借款两百多万元。到了2006年11月，我又借了两三千万元到阳澄湖买地创业去了。可以说，到阳澄湖创业我是收获颇丰，真是天时地利人和，才让我有了如此丰硕的收获。

因为打下了如此稳固的基础，现在制造业不好做，但好像影响不到我，比如现在一些中小企业最大担忧就是房租太贵，而这恰恰是我的一大优势，今年房租大涨，那么我收到的房租也自然水涨船高，当然我本身是做企业的，所以也会转换思考，尽量不漫天叫价，总之我的租房价格比其他人低一点，让承租户得到一点经济实惠，共同度过这个制造业的严冬。

五年前，儿子来到我的身边，开始管理工厂，现在都是他在管理工厂。我对他说，我们就认真做好工作，寻找机会，以后还是有突破口的。

儿子对别人说，我爸蛮有眼光的。

比如，无锡那家大公司原来只采购我的冲压件，但发现我们在给另一家公司做尼龙件，于是他们也派员来认可我们做注塑件。这是我们自己都没有想到的。所以，只要你做好了，机会也就会来的。

就怕一些人，遇到一点挫折，就唉声叹气，就沮丧叫苦连天了。

世界那么大，不是没有机会，是你懂得太少。

第四辑 有没有爱着永远的幸运

现在，我喜欢这一首歌：

我们在微光中前进／暧昧中小心／摸索着幸福的道理／怕只怕爱着爱着又放弃／有没有爱着爱着就永远的幸运／行不行

人生犹如牵鱼

一直觉得人生犹如牵鱼。既然在大江大河里，或者在小小的鱼塘里，撒下一方鱼网牵鱼了，那就好好地使力吧，当收起鱼网的时候，一网鱼多鱼少总会见分晓的吧。

有一天凌晨2时，妻子突然把我叫醒，要拉我去厂里看账本，看我借的两三千万元都去哪儿了。

我说你发什么神经。

妻子说，我们借了那么多钱，都被你抛到阳澄湖里了，我看看帐本有什么不可以呢？

黑黑的夜里，我们真的去厂里看帐本了。只是我原来做过十几年的村办厂出纳，对记帐也算是内行，故每笔支出都记得清清楚楚明明白白。

妻子看了账本，仍然是闷闷不乐，仍然是忧心忡忡，毕竟所借的两三千万元不是一笔小数目。见此，我对她说，我上有老下有小，我不会做对不起父母，对不起妻儿的事，请你相信我。

从此，我得努力拼搏，逐渐把身上的债务还清，并且逐渐做大自己的事业，可以说我每天都对自己这样说。所以我对自己的生活十分吝啬，高档的衣服都不舍得买。2007 年因为工作需要，我才买了一辆面包车，一直到现在我仍在开这一辆面包车，倘若不还掉债务决不换小车，这也是我对自己说的一句话。

你的债务就得自己偿还，别人不可能为你还债的，就像你赚钱了也不会分给别人一分的，这个道理我明白。我不知道我能传给我的儿子多少财富，但至少我不想传给他一分债务。

可以说我做到了。

经过近十年的不懈努力，现在我差不多把所借的钱还清了。即使现在银行里有几百万元贷款，也是生产上在派用场了。

五年前，儿子晴谷从南京工程学院毕业后，先去莱克公司锻炼了两年，后来他就来到我的身边，由他主管工厂了，他参与了一起还债的这个过程，也就是说，我们父子一起创业，一起还债。他也渐渐明白了，所谓创业就是一点点的还债，一点点让自己的身子挺直起来。

这一网鱼我牵了十几年，可以说我是竭尽全力了，而现在应该是见底的时候了，真的谢天谢地，我牵的这一网鱼，可以说是鱼满塘哩。现在我把阳澄湖公司 90% 的股份都转到了儿子的名下，这下妻子也可以安稳地睡着觉了。

有没有爱着永远的幸运

十八岁那年，我到北方当兵去了，也就是从那时起我开始热爱写作的。只是那时仅写些新闻报道。可以说那时是我写作的萌芽，但没有地基又哪来的高楼大厦？

我服役五载，当兵没有什么建树，但爱好写作的习惯却在不知不觉中延续下来了。

那时还没有电脑，家里也没有空调，夏天写作热得要命，写稿子汗水在滴落，稿纸上有时就有汗水的痕迹，而冬天写作又冷得要命，双脚冻得发麻，但我还是坚持每天写一点文字。

那时我是县报特约记者。有一年春节，县报约我写一个版的专稿，整个夜里我都没有睡觉，在天亮之前把那一篇稿子赶写出来了。

写着写着花就开了。

1991 年某日，我给《苏州日报》写了一篇读者来信，讲了我在苏州火车站巧遇英雄刘琦的故事。不想，一个月后这封读者来信却在副刊以散文形式发表了。这是我第一篇散文问世，于是我的写作兴趣开始转移，不再满足写新闻报道了。

我有了做一个散文作家的想法。

那时我在阿舅的工厂跑供销，每天跟着卡车送货，一卡车货物都是我与司机俩人装卸，有时还要提焦炭回来，很是辛苦，有时夏天累得饭也吃不下去，但只要回到家里，只要坐在桌子前，我又是精神抖擞了。妻子不解，说：你肯定工作不累，如果累的话，你哪有半夜不睡如此写作的呢？

看我对写作如此入迷，阿舅也多次提醒我，你有这么大的精力，应该多看看图纸，多熟悉熟悉业务，这对你跑供销有好处。

现在想想，阿舅的话是千真万确的，可惜那时我心里只有写作，把他的话当作耳边风了。现在我自己办厂，因为不懂业务，我付出了很多学费，也走了很多弯路，怪自己没听阿舅的话，且应验了一句老话：不听老人言，吃亏在眼前。

后来，我有了电脑，写作省心多了，只要一点鼠标，稿子便发出去了。

为了夜里能够静心写作，我只好努力做家务，像夜饭与洗衣服之类家务都是我承包的。妻子虽说对我写作颇有看法，但看我如此这般认真做家务，对我写作也只好网开一面了。不过，她心里仍觉得不舒服，倘若遇到不顺心的事，她就要数落我几句，说我不好好做事情，说我可以靠写作吃饭了，说得我只好缩起脖子一声不吭。

所以在家里我基本上让着她，随便她说我什么，我都无所谓，只要让我坐下来写作便行了。不过我写作的时候不要打扰我，我脾气发作起来也是蛮大的，有时自己的情绪都控制不了自己，大概是有一点"书毒头"的腔调了。

时来运转，真的想不到现在妻子态度与以前大不一样了，那时是反对我写作，她的脸上没笑容，现在是支持我写作，像那个电视剧剧情一下子反转了。你想一想，那些有钱没钱的男人有很多在外面吃啊玩啊，而我现在有钱了却足不出户，一门心思与电脑对话，与文学女神对话，这样好的男人，你说到哪里寻找呢？

妻子说，还是写作好。

现在，我喜欢这一首歌：

我们在微光中前进／暧昧中小心／摸索着幸福的道理／怕只怕爱着爱着又放弃／有没有爱着爱着就永远的幸运／行不行

你需要什么

不止一位朋友问我，你爱好写作很多年，也出版了二三十本书，不知道这样写作你需要什么？

朋友说得不错，我是出版了二三十本书，尤其在我的家乡渭塘有很多人知道我的名字，知道我是一个写书者，而真正知道我是一个企业的老总的却并不多。

在人生的旅途上，我自觉自己的愿力不坚，有时候也会迷茫，有时候也会陷入低谷状态。还有学问如何成就？事业如何表现？能力如何健全？但真要做到不容易，为了让自己的愿力不退缩，为了让自己遇到困难不颓丧，我选择了写作，义无反顾地爱上写作那么多年，从来没有放弃过它。

办厂有许多烦心的事，比如订单少啊，比如没有流动资金啊，比如质量出问题啊等等，白天我全力以赴处理工厂的这些事情，晚上一回到家我就像换了另一个人，只要我在电脑前坐下，我就能把工厂的事情抛却，尤其是 2006 年我借了两三千万元到阳澄湖买地，这像一座大山压得我喘不过气，妻子也为此事发愁，夜不成寐。一棵小树需要慢慢地生长，我就是一棵小树，我也需要给我时间啊，十年磨一剑，你们等着瞧。我相信，只要我努力地干，迟早我能还清这些债务。古有愚公挖山不止，今有我蒋某人还钱不止，愚公尚且能挖通王屋与太行山，我也能搬掉身上的那一座大山。

我在一本书上看到这么一段话：如果一个青少年的性格粗野、惹事、多动、懒散、放荡，那么读书、写作、练字是最好的药方，如果你能够坚持每天读书、写作、练字，半年以后性格就能有很大的改变。所以，我们常常会把文人与沉思稳重联系在一起，把没文化没修养与文盲联系在一起。

此话不假。

我的妻子能够证明我的"完美蜕变"。原本我脾气暴躁，做事极不耐烦，在家里与妻子经常为一点小事发生争吵。是写作让我思考人生，并找出了自身的问题。你看，我坚持写作三十余年，现在就像换了一个人，做事似乎也有了大将的风度，不急不躁，有条不紊了。

由此，我得出结论，是写作成就了我所有的梦想。如果我不写作，或许没钱的时候我会随波逐流，或许有钱了就喜新厌旧。

十五年前，我还没有下海做老板，诗人王慧骐就为我写了一篇文章《看好蒋坤元》，他如是说：

> 我看好这个纯朴的农村青年，看好他的下一部作品，看好属于他的明天。36岁的年龄正是金子一般美妙的年华，书桌上一字排开已有了四本属于自己的著作，是何等令人艳美！精力又是那么旺盛，生活阅历和人生感悟也在一天天丰富和成熟起来。年轻再加上勤勉，加上不断地给自己设立目标并刷新记录，可以想象，什么样的奇迹都可能在这样的勇者手中创造出来。

我只能说，他是一个有眼光的诗人，因为他的"看好"，我更不敢松懈了，只得更大步地前行。呵，我们都需要你阳光雨露般的信任与鼓励啊！

因为你，让我更拼搏

因为你，让我更拼搏。这个"你"字，可以指我的儿子，自然你是我一生为之奋斗的动力，但这里我写的你，是指我的妻子，你才是我孜孜不倦努力拼搏的源泉。

妻子嫁给我时，她已是一家乡办厂的车间主任，她真的是从车间成长起来的。而当时我只是乡里的一个小文员，同样忙碌一年，我做两年都没有她做一年收入多，人与人真的不能比啊！

结婚第二年，我们夫妻就想造楼房，当时整个生产队没有一幢楼房，父亲闻知后吃惊不小，他说你哥哥准备造楼房好多年了都造不起来，你们行吗？父亲的怀疑不无道理。但我没告诉他，我有坚强的后盾，就是我的妻子，她从嫁过来的一只皮箱里拿了一张存折出来，递给我，这是我生平见到的第一张存单啊，上面清清楚楚地写着"人民币陆千元"，那个年代在农村，这数字不亚于一个天文数字啊！别的新嫁娘都把钱花在嫁妆上去了，要的是风光，要的是面子啊，而她是无声无息地带来了一张存折。事后我才知道这是妻子省下的钱，用业余时间拆纱头所得！为了这一幢楼房，我们还向阿舅借了一万多元，我的阿舅与嫂子把上交两头肉猪的钱也凑给了我们，真的是血浓于水。为了省钱，那个石灰都是我们自己找泥潭化的，我与妻子，还有她二姐摇船去装石灰，就是将石灰抬到工地旁边的泥潭，看着妻子这个新嫁娘变成了"白娘子"，她头上都布满了白灰，我觉得我更应该努力，给她幸福的生活！

这个楼房造好没几年，我们就搬到街上去住了，那几年我们夫妻俩省吃俭用，硬是把一万多元借款还掉了，我们终于如释重负。而这个楼房一直由父母亲居住着，当我们每次回家时，父亲总是对我说，能住这么宽敞的楼房真的是我与你娘有福气了。我看见，父亲满是皱纹的脸上洋溢着许多的满足。

十年前老祖母过世了，我拿出一万元给父亲，当时我刚到阳澄湖投资买地，身背上借了两三千万元，所以父亲推着不收我的钱，他说料理祖母的后事是他的责任，与你孙子没有关系。妻子对父亲说，阿爸这个钱你就收下吧，把好婆的后事办得好一些。父亲这才收下了这个钱。

妻子对我父母比我还要有孝心。

2011 年 10 月，父亲咳嗽不止，去渭塘医院查了好几次都查不出是什么毛病。妻子对我说，解放军 100 医院有一种机器一查就可知道是什么病。我问，要多少钱？妻子说，大概八千多元。我说，那就陪父亲到这家医院去检查。第二天，妻子便开车陪父亲去这家医院。父亲问，检查一下多少钱？妻子说，三四百元吧。妻子没有说实话，因为父亲如果知道是八千多元，他肯定不做检查了。去了医院，有人问这是你闺女吗？父亲说，这是儿媳妇，比亲生女儿还要好哩！

父亲重病期间，妻子对我的哥哥弟弟说，蒋坤元出钱，你们出力。父亲生病花了十几万元，以及办后事花了十几万元，都是我一个人掏出去的，没让我的哥哥弟弟掏一分钱，因为妻子说，你是老板，关键时候就要顶上去。

父亲过世后，妻子叫来泥匠，将母亲住的房间与卫生间打通了，这样母亲再也不用去河里倒马桶了。去年母亲住院开刀换骨头，妻子叫哥哥在医院陪护她，叫我掏钱支付母亲的医院费，又花去近十万元。

妻子对我说，我们也要老的，今天我们对老人好，明天子女也会对我们好的，这是一代回报一代。

她跟着我吃苦

名义上妻子是反对我到阳澄湖去买地的，但她并没有阻止我的行动，所以后来我向阿舅借钱，她也没有表示反对，我还让她的姐姐在村里替我发动借钱，妻子也默许了！

只是二、三万平方米的厂房落成后，遇到了百年不遇的金融危机，那些厂房都租不出去，我自嘲说："我造了房子养小鸟。"

那是 2008 年。

一个巨浪把我一下子打倒在阳澄湖水底，差点把我淹死。

妻子比我还焦急。有一天早晨 2 时许，妻子把我叫醒，说："我要看看你的账本。"

"现在半夜三更的，看什么账本。"因为账本在工厂，我想，你要看我的账本，你白天来看好了，现在半夜三更的去看账本，你这是心血来潮，我不干。

妻子说："你借了那么多钱，都花到哪里去了？"

我坐了起来说："我把钱一分一厘都花在房子上。"

她说："叫你不要去买土地，你偏偏不听，现在压力山大啊！"

我说："你放心，儿子跟我姓蒋，我不会给蒋家丢脸的。"

为了让妻子放心，我就与她去工厂看账本。我在阿舅手下兼任过十几年出纳会计，帐本上一笔笔收入与支出记得清清楚楚。她看了半天，说："你能让我把账本带回家吗？"

我说："行！"

这一个故事是真实的。

她跟着我吃苦，那种巨大的精神压力简直可以摧毁一个人！现在，我对晴谷说："如果爸爸到阳澄湖投资不成功，爸爸就是蒋家的千古罪人。"好在，我走过了这些苦难的日子，现在我已经浮出了水面，开始在美丽的阳澄湖面上像白鹭飞翔。

晴谷对我说："爸爸，你的这个账本到时要交给我保管，这是我们家的财富！"儿子这么说，做父亲的苦死累死也愿意啊！

做好导师

如果工厂是一所院校，那么我这个厂长理所当然就是校长，至少，我也是晴谷的导师吧。前几天，工厂出了一个工伤事故，晴谷查阅车间监控视频，发现这是一起违章操作事件，受伤者在没有关闭电源时就伸手装卸模具，致使机床下落，如果操作正确是完全不会发生这起事故的。他说，我要查找出发生事故的原因，以后彻底杜绝此类事故的发生。

晴谷对技术相当熟悉了，大学毕业后他来工厂工作也有三年了，加上他在莱克公司工作两年，对于管理来说，他也是积累了一定的经验，但是他对如何处理员工的工伤事件还不懂，他问我这次事故怎么处理？我对他说，先将伤者送医院治疗，治好他的伤情后，先征求伤者是否要做伤残鉴定，伤者想做这个鉴定，他本人要提出申请，工厂给予配合，然后凭这个伤残鉴定到劳动部门部门协商解决，如果协商不成则走法律程序，还有一种解决方案就是私了，即使私了也要找劳动部门公正，因为当事双方私下协商解决是不受法律保护的。

实践出真知，我也是经历了好几次员工工伤事故，才对如何处理工伤事故有了比较深刻的了解。不过，有关政策一直在变，所以要与时俱进，还得不断学习与提高。总之，吃老本不行。

早晚我要把厂长这把坐椅交到晴谷手里的，所以必须让他全面管理工厂。这三年期间，我已陆续将生产、质量管理、采购与销售，以及用人权力交给他了。我发现他对员工，尤其是车间管理者严格管理是对的，但过于苛刻了，这就不太好了，我对他说要做一个领导者，需要有宽阔的胸怀，眼光要面向未来，而不要对员工事事斤斤计较，这样企业做不大，因为员工的向心力不大。

我还关心他的朋友圈。去年，晴谷对我说，他想与几个朋友合伙开一个喷涂工厂。我问他，这个喷涂项目营业执照非常难领出来的，没有营业执照又如何生产呢？晴谷说，他们说有办法申领营业执照的。

我是反对合伙办厂的，我有个朋友与人合伙开了一家注塑厂，他在里面忙忙碌碌，不仅在车间要做活，还要开三轮车送货，夜里还要跟班作业，三年后盘账，他竟然一分工钱没得，还要拿出去三十多万元，因为盘账下来亏损上百万元了。

我把这个故事讲给晴谷听，当时他有点不能接受，对我说，我们这是一个好项目，你支持我一下不可以吗？

我没有吱声。

过了几天，晴谷态度冷静下来了，他对我说，爸爸你的分析非常对，合伙开厂是不行，我打听下来，他们一是没有投资款，二是市场也没有，如果我们合伙办厂会带来一系列问题。

我说，是的，开厂容易关厂难。

做好儿子的导师是我责无旁贷的责任，因为我觉得只有儿子成功了，才是我人生最大的成功。

有时想一想，有些富二代不学无术，无所事事，那些做父母的心情该是何等的焦虑。谢天谢地，幸好晴谷不是这样混日子的富二代，他也是一个有上进心，有担当，又孜孜不倦前行的一个年轻人！

爱就一个字

晴谷十一二岁的时候，我就带他去上海听了张信哲的演唱会，当时一张门票好几百元。那次，我们当场听到了张信哲唱的歌《爱如潮水》《爱就一个字》等十几首。

> 爱就一个字 / 我只说一次 / 你知道我只会用行动表示 / 承诺一辈子 / 守住了坚持 / 付出永远不会太迟

从此，我就喜欢上了这一首歌《爱就一个字》。

2008 年金融危机的时候，我得到一个好消息，阳澄湖镇要开发一片别墅区，我很想买别墅，因为晴谷即将大学毕业，他结婚肯定需要宽敞一点的住房，别墅就在考虑之列。但我不想告诉妻子，因为当时我在阳澄湖投资已经够大了，不想却遇上了千年不遇的金融危机，于是造好的厂房只好空关。如果此时去买别墅，等于是往伤口上撒盐，说都不要说，她肯定是说啥也不会答应的。

我愿意一个人承受此等压力。

我交给房屋开发公司 20 万元定金（每个别墅定金 10 万元，我预定一套别墅，一套门面房）。

时间一天天过去了，到了 2010 年，别墅快建造好了，即将迎来开盘了。有同学去我妻子公司，他便问我妻子，你们别墅什么时候拿钥匙啊？

妻子被问得莫名其妙。她当即打我电话，问我道，你有没有买别墅啊？

我很惊讶，她又怎么知道我买了别墅呢？当然，我不能让她知道，听她说话责问的口气，如果知道我买了别墅，那肯定是一场暴风疾雨。于是，我镇定自若地告诉她，我没有买别墅，我哪有钱买别墅啊？

妻子说，这就对了，我想你也没有钱买什么别墅啊！

我以为此事搪塞了过去。不想下午 4 时许，她又来电话了，这回她声色俱厉地对我说，你眼睛角里还有我吗，你马上把这个别墅退掉，我是不会让你这个阴谋得逞的。

她居然把我买别墅说成是一个阴谋，亏她想得出来的，但我知道她确实是怒了，想想一幢别墅几百万元的事，竟然两年了都不让她知道，就我一个人自作主张了，是有一点欺负人的意思。再想一想，如果妻子知道我预定了一套别墅，还有一套门面房，那可能怒火万丈了，于是我悄无声息找到房屋开发公司，主动退掉了一套门面房，但我不知道那门面房需要的人有很多很多，所以他们没说什么就让我退了。

妻子将此事电话告诉了儿子，晴谷打我电话说，爸爸，这回妈妈是真的火了，你就把别墅退了吧，我随便在哪个房子结婚都可以的，再说现在你到处都需要钱，等我们以后有钱了再买大一点的房子吧。

别墅开盘前夕，我对妻子说，我预定这个别墅没有征得你的同意，是我不好，主要怕你有压力，主要我也是想让一家人过得幸福一点，现在你也不要生气，你去看看这个别墅好不好，你再作决定，如果你觉得不好，你要退掉，我决无二话。

此时妻子态度也有所转变了，也有同事劝她，他买别墅这得有多大的魄力啊！开盘那天，妻子跟我去了。那别墅前面是一条小河，所以前面十分开阔，加上别墅有前院后院，这也让她欢喜，她点头答应买了。

我对晴谷说，关于买别墅这一件事，爸爸买别墅是对的，是想让你结婚有一个宽敞的新房子，你妈妈反对我买别墅也是对的，她不希望借债太多，她要的是一种安定团结的幸福生活！

这都是因为爱这个家，就像那一首歌，爱就一个字。

爱是圆规

你爱儿子，就是以他为圆心画圆。所以说，爱是圆规，一种温暖的祈愿，一种幸福的丈量！

这么说吧，在年轻的时候，我这一只圆规可以任意画圆。你也有能力做到这一点，这个不用怀疑，因为你想画多大的一个圆，就能够画多大的一个圆。所以说，年轻是一首歌，一首拔节向上的歌，一首朝气蓬勃的歌。

问题是，我的年轻一闪而过了，而我画的圆却是那么一点点大。

当年我想在阳澄湖画一个圆，虽说妻子极力反对，但好像都不能阻挡我画圆的决心，我还是在阳澄湖画了一个圆。你知道，当时我自己没有多少钱啊，我向亲朋好友借了两三千万元，才拿下了这一块土地，并在这一块土地上种上了自己想种的庄稼。

如今这一片庄稼长势良好。

我真有点后悔，当时自己的出手太小了，如果我的勇气大一点，我的手笔也大一点，那么我一定可以画一个更大的圆。

很可惜，人生的机会就只有这么一次。

过去了，也就只好过去了。

这些年里，我较少有幻想了，多数时候也不许自己有什么幻想，因为我这个圆规已有点力不从心了。如果我想画圆，这圆规的一只脚拐了，或者一只脚断了，那你说怎么办啊？

担忧的东西便随之而来。

2016年春节前夕，我看见工厂附近有好几幢住宅楼在拔地而起，我觉得这个楼盘不错，下班走几分钟便可以抵达。这是最后一个楼盘，因为我的厂房周围再也没有什么空地了。

不知道怎么的，我又一次冲动了，当即跑去预定了一个楼面的住宅，即四套住宅。

以前我想画圆，怎么画我一个人说了算，妻子反对没用，你越是反对，我越是想把圆画大，你说我脑子一根筋，随便你怎么说好了，都不能动摇我画圆的决心。

今天我一个人决定不了。

妻子说，房价那么高，你买那么多房子就是找一个绳子套住自己的脖子。

晴谷说，爸爸你买四套太多了吧，我同意你买两套，如果你想买四套，那我投反对票，一套都不要买。

我这一只圆规竟然被他们母子俩掌控了。最后，我们只买了二套住宅，还有二套推掉了，谁想才几个月光景，那个房价竟然每平方米涨了六千多元啊，真的是眼花缭乱。

妻子笑吟吟地说，你是瞎猫正巧遇见死老鼠啊！

我很想对朋友们说，重新划分财富的时代已经来临，你有钱可以添置些不动产，你没钱可以借贷款添置一些不动产，真的，近期我还得去买房。

生命不息，投资不止，让人生的圆更完美无缺。

闲庭信步

小时候，我就喜欢这一句诗："不管风吹浪打，胜似闲庭信步。"

2006 年因为我到阳澄湖买地投资，其中向本村村民借款一千万元，讲好年息 9%，天有不测风云，不想 2008 年世界发生金融危机，致使我造好的厂房租不出去，没有房租意味着我还款负担加重了。

这是我始料不及的。

我与妻子商量下来，将借款利息降为 7%，我叫姐姐（妻子的二姐）拿着一张借款协议找到那些借钱给我的人家，对他们说，如果你们现在要还钱就按 9% 付，如果继续出借那改为 7%。

事实上，当时市面上民间借贷利息也差不多是 7% 这个样子，当然高利贷除外。

结果，没有一个人要我还钱，他们都在那一张借款协议上签上了大名。有人对我说，即使你给我们银行利息，我也借钱给你，因为你是保险箱。

这种信赖是金钱买不到的。

好在那一场金融危机很快就过去了，我在阳澄湖建造的二千八百平方米的厂房先后都租出去了。换一句话说，我从阳澄湖水底又浮起来了。

我像一只白鹭在阳澄湖水面轻盈地飞翔。

我当时就决定恢复原来的借款利息，就是仍然按9%付。虽说只增加了2%，可这一千万元借款几年下来所付的利息很大，为此让我多付了至少八、九十万元的利息。相当于我送出一部近百万元的豪车。

这让借钱给我的村民喜出望外。有个村民借给我10万元，分两次借我的，每次5万元，他说他的儿子要买房子就想把借我的钱要回去。我说，可以。当我按9%利息结算给他，他对我说，你有没有算错？我说，没有，现在我厂房都租出了，所以借款利息不能少付。他当即说，那我这个10万元不领了，继续放在你这儿吧。

所以，我的好名声也在村里传开了。

现在我可以理直气壮地告诉你，我向村民借的一千万元连本带利全部还清了。从此，没有债务的日子就是一身轻松啊！

在复杂中走向人生

晴谷来我工厂快三年了，现在工厂的财务大权仍在我的手里，但管理的大权都由他接收过去了。因为我对技术不是内行，所以过去我开发的新品屈指可数，而自晴谷来后，开发新品接连不断，而且都是连续模制造，真是比过去上了一大台阶。因为现在的客户与过去又不一样，现在的客户是几家跨国的大公司，都是汽车零部件制造，其产品尺寸容不得丝毫疏忽，如果稍有差错，就要第三方分检，那费用可说是十分的昂贵。所以晴谷说，我们千万不能掉以轻心，一定要时时刻刻做好事情。

晴谷在管理方面极具天赋，他一到工厂就要撤换原来的模具师傅，当时我有点情绪，没有答应他，这个模具师傅跟着我有十年了，原来的冲压与注塑模具都出自他之手，我对晴谷说，他没有功劳也有苦劳啊！晴谷说，他做简单的模具还可以，但现在要做精密的连续模，他能胜任吗？我觉得，仍应该给他一个机会，让他做一副连续的冲压模。正好手头有一只需要连续模的零件，我就仍然叫他制造冲压模具，本来讲好一个月时间的，但他两个月时间还没有拿出来样品，客户每天催着要样品，但我们却拿不出来，晴谷天天跟着他，他苦笑道，我又没做过连续模，你们不要催得我那么紧张啊！后来，这一只零件的样品拿了出来，但尺寸都通不过，晴谷对我说，你看叫他开模具，这样下去我们把客户也要丢掉了。所以，第二个零件过来了，晴谷说什么也不给他做了，他在外面找了两家规模很大的模具制造公司。晴谷对我说，现在做模具产品开发进度与质量都能保证，都可以掌握在我的手中了。

事实证明晴谷的分析判断是准确的，我不再坚持自己了，以后接到新品，晴谷都没叫那个模具师傅做了。晴谷说，他仍然是手工作坊，已完全不能跟上现在这个高科技时代了，如果不撤换这个模具师傅，没几年我们厂与他一样也要被淘汰了，与其这样我们不如先走一步，先把他淘汰。

厂里有位车间主任是负责注塑一块的，跟着我也有十年时间了，应该说他对工作蛮负责，注塑车间是在他手里发展壮大起来的，但他倚老卖老，员工上班与下班在厂门口要考勤机考勤，对此他十分反对，有时中途外出都不考勤，甚至他私下对员工说，我们创业的时候小老板还是小娃娃，现在他却是一副盛气凌人的样子。我找他谈过话，对他说，我都得服从小老板的领导，接下来都是小老板负责这个工厂了，你是老同志应该支持他才对。本来注塑车间员工就不多，但他对她们乱发脾气，这样一些员工便离职了，所以接到订单后，晴谷只好叫其他注塑单位的员工来突击完成。春节前，他自动离职了，我没有挽留他。一个人不能改变自己，不能适应周围的变化，也就像前浪被后浪拍在沙滩上了。

现在的注塑车间主任是晴谷招聘过来的，与晴谷年纪也是差不多吧。晴谷说，没有团队精神的人到哪里都不行。至少这个车间主任很听晴谷的话了，换一句话说，晴谷指挥得动他了。

不得不承认，晴谷管理工厂比我高明多了。

我觉得，他的未来充满希望。

把南瓜拖回去

晴谷小时候也是一个顽皮的男孩。大约他四五岁的时候，有一天我下班回家，看见家里有一只大南瓜，母亲说，这是你儿子从邻居家田里采摘后拖回家的。

母亲以为我会表扬晴谷的。

这一只大南瓜有十几斤重，不知道晴谷是怎样拖回家的？我问晴谷，这南瓜是你拖回来的吗？他点头称是。我说，你采摘这个南瓜，邻居知道吗？他也不懂这是人家的南瓜，只觉得他喜欢吃南瓜，看见南瓜就往家里拖呗。

我说，你把南瓜拖回去。

母亲抱起南瓜说，我来送过去吧，小孩那么小要弄伤身体的？

我说，不行，叫他自己拖回去，别人家的东西，一根葱也不许拿。

晴谷哭着大叫，他就是不愿意拖南瓜了。我拿起一把扫帚对着他的屁股就是一记，并大声叫道：你拖不拖，你不拖，我就把你拖到河里喂鱼去。

这时妻子也回来了，她支持了我的做法，对晴谷说：你把南瓜拖回去，不然，爸爸今天会打你人的。

晴谷怕被我打，他一边哭着，一边使劲拖着那只大南瓜，拖了二十几米的路，邻居见之都不舍得了，对我们夫妻说，小人要吃南瓜随便他采摘好了，这一只南瓜就算送给你们了。

但我们没答应。那次，老父亲对我都发火了，没有你这样虐待孩子的，你把小孩子身体搞伤怎么办？我仍然置之不理，一定要晴谷把南瓜拖到原来的地里。

他把南瓜拖到了那个地里，我就一把抱起他，对他说：儿子，你仍然是很棒的！

通过这一件事情，我们给他幼小的心灵上了一课：不许私自拿别人家的东西。

书上说："教育儿童通过周围世界的美，人的关系的美而看到的精神的高尚、善良和诚实，并在此基础上在自己身上确立美的品质。"

经历了才会知道

一晃晴谷来到我的工厂三年了，五年前他从南京工程学院毕业，他的专业是机械制造与自动化，尔后他去了苏州莱克公司上班，在那里做产品开发，在这两年时间里，他吃住在厂里，骑自行车上班，而且经常工作到晚上十点，对此我有点心疼他，想叫他早点回来，倒是妻子很高兴，她对我说，小孩子就要让他吃点苦，要让他知道挣钱不容易，要让他掌握真正的生存本领。

因为我加入了一家跨国公司，很需要技术人才，妻子这才答应，让晴谷回来。在晴谷没有回来之前，我一直说，当我老了，我就去开一家茶馆，这是多么的好。因为我考虑到，晴谷与我都是个性很强的人，我担心与他办厂有分歧，所以我设计好了这样一个退路，把工厂交给他，而我自己去开茶馆，这样即使我老了，也是有事可做的。

现在看来，我的这个想法真是多虑了，因为晴谷越来越尊重我，因为他懂技术，管理工厂比我内行多了，而且他来后，主抓新品开发，已成功开发二十多个新品，即使在这个制造业疲软的年代，我的工厂形势也是蒸蒸日上啊！可以说，如果晴谷不回来，我的工厂没有这个欣欣向荣的局势。

晴谷越来越爱这个工厂了。

晴谷刚回来时，我感觉他的内心有点看不起这个小厂，他没有这么说过，但我能够感觉到。虽说厂里员工不多，但晴谷一时也插手不上，所谓的好高骛远，比如他很想做些事情，但有的中层干部不理他，他交代下去的工作便拉三扯四的，他十分焦急，又无从下手。有一天，他站在我的面前，一本正经地对我说："你说让我管理工厂，你什么都不对我说。"我对他说："你不用心急，有些事情是需要自己慢慢参与与领悟的。"

当时有个车间主任不听他的话，让他非常恼火，他气冲冲地来到办公室，对我说，你怎么招到这种好像欠他债务的人？我对他说，每个人都有缺点，但应该看到人家的长处，这个车间主任脾气不太好，但技术很好，他是内行，没有他，这个车间不行的。晴谷说，没有他，难道这个世界就不转了吗？那天晚上，在家里，为此事我与他又吵得面红耳赤，最后他对我说，这个厂你管吧，我不干了，我到外面找工作去了。我在气头上便回敬他道，这是你的自由，随便你了。顿了一下，我又对他说：你不干好了，到我老了，我干不动了，机器就当废铁卖了，厂房就出租。

那个夜里，我睡觉不着，有点自责，应该与儿子好好说话的，不能这样简单粗暴啊！第二天早上，我闷闷不乐上班去了，我不知道晴谷会不会来？到七点半，厂里上班时间，晴谷也准时来了，我心里掠过一阵快慰，晴谷是个有担当的孩子，他选择了的事业，是不会半途而废的。但见妻子也来了，她对我说，你们父子俩不要这样闹了，儿子闹情绪不对，但你的脾气也要改一改。原来妻子劝说儿子，工厂有今天，你父亲花了很多心血，你应该学习父亲的吃苦精神什么的……

人生中的很多经验，要靠我们自己去经历，只有真正经历过大风大浪，只有真正经历过坎坷与起伏，才能品味到生命的各种滋味。很欣慰，这个短短的三年时间，让晴谷爱上了他的事业，爱上了这个工厂。

嘿嘿，我也没有了去开一家茶馆的想法，只想干到干不动为止，过几年我就退居二线，让晴谷撑起这一片天啊！

难忘本色

诗人说，在一望无际的金黄面前，大地安然地躺着，任你去开拓，任你去收获。然而最使它难忘的，仍是那身边姹紫嫣红的小花，那留在记忆深处的天然而纯朴的本色。

前天，我回老家看望母亲，曾叫母亲跟我们住到别墅里，但母亲说乡下空气好，住到街上不习惯的。有时我也想，到我老了，我也不住什么别墅，就回到这个老家，闲来种种菜地，再在河旁搭一个鸭棚，养一群鸭子，要吃蛋就到河边去捡拾，这不是世外桃源的生活么。

母亲去年一只左脚换了不锈钢股骨，所以我关照她，你不要再做什么农活了，但母亲仍然闲不住，她嘴上说不会做农活了，但她仍然是瞒着我们在种菜浇水的，有一回晴谷回家看见她在用勺子浇水，晴谷就拿手机拍了下来，晴谷回来对我说，好婆仍在干活。

我对晴谷说，好婆做了一生一世的农活，现在叫她闲下来，她闲不下来，这也很正常，她觉得做活开心就随她去吧。

勤劳、朴素、善良，这就是我的父亲母亲，这就是庄稼人的本色。

现在正是丝瓜生长的季节。我看到老屋子面前有一条长长的丝瓜藤挂在屋檐与一根电线杆之间，丝瓜藤着挂着许多个丝瓜，有的成熟了可以采摘，有的丝瓜上还开着花朵，说明它还没有成熟。

母亲说，我来摘几个丝瓜，你带回去。

我说，你明年就不要种植丝瓜了，可不要累坏自己了。

母亲说，种这个丝瓜又不是翻地，一点都不累的。

母亲采摘了七八条丝瓜，我说，你采摘那么多又吃不了。

母亲说，丝瓜放几天不会坏的。然后，她又对我说，屋后种植了一片葫芦，还有冬瓜，现在葫芦有了，冬瓜还长得不大。说完，母亲一拐一拐地向屋后走去，我叫她不要去，她好像没听见，向屋后走去，且走得很快。

到了屋后，母亲捡拾起一根树枝就走到了菜地里，我吓了一跳，叫道，妈，当心草里有蛇。

母亲说，哪会有蛇，我留心着的。

她俯身摘了一个大葫芦，我连忙也走进菜地，接过了那一只大葫芦。

尔后，母亲用树枝指着一只冬瓜说，你看，这一只冬瓜被老鼠咬坏了，只好烂在菜地里了。母亲是一脸的可惜，一脸的不舍。

我捧着母亲给我的丝瓜、葫芦走了，从此后让我又捡回了本色。

像母亲那样热爱劳动吧，从此后我便等待一个季节的来临，无论春夏秋冬。

你就轻装上阵

人生就像一趟旅行，不要带太多的随身行李，否则一路上都在搬运或者照顾行李，况且路程上还会继续累积，行李负担就会越来越重，根本不知旅途的滋味。

去年开始，钢板等原材料价格暴跌，这个时候承接新品有很大风险，万一钢板价格涨上去，而新品又不好涨价，那局面就显得很被动了。所以我提醒晴谷，如果承接新品，技术含量低，钢板所占比例大的，我们尽量不要碰它，如果要接就接产品含钢量少，工艺复杂一点倒是没有什么关系的。有一个新品我们的价格比另一家高出五毛钱，客户也想指定我们做，我对晴谷说，就让另一家工厂去做，那个产品一旦钢板价格涨上去，他要把老本都贴进去了。现在钢板价格有点回升，估计那一家工厂老板要头痛了。

晴谷说，我们不要盲目扩大生产规模，工厂做大了有大的麻烦，像我们工厂小也有小的好处。

我说，船小掉头快，今后有好的项目，可以再出手投资的。

晴谷刚来这个工厂时，他非常羡慕村里一家公司，这家公司也是做汽车冲压零部件的，他们仅投入设备就有上亿元，目前工人有四百多个，去年产值一亿多元。

我对晴谷说，别看这种企业现在风光得很，做得很大，一旦工人工资上涨幅度加快，还有原材料价格控制不住地上涨，到时候这种企业的风光会不在的，好比一头骆驼叫它搬运过重的物质，它也会被累死一样。

晴谷点点头说，以后我要朝机器人方向发展。

我说，这是一个好的思路。

当初我选择这个五金冲压件，实在是迫不得已，我除了有一腔热血之外，其他则是一无所有啊，我只能从最简单容易的冲压件做起，还好那几年是挣钱的年代，也积累了一些资本，没想到的是现在做冲压件越来越不简单了，传统的单模冲压即将被淘汰，连续模生产时代已经来临。如果我们仍旧延用老冲床老设备，真的跟不上这个时代了。

对制造业的前途，我还是有点担忧。

晴谷说我，你不要想那么多，你就轻装上阵。

对的，你就轻装上阵，这一句话也是我想对晴谷说的。学会轻装上阵的人，才越能在生命的转折处发现惊喜！

只愿

上一次金融危机的时候，晴谷还在大学读书，而我像经历了一场生离死别，我花了两三千万元建造的厂房都租不出去，还有更离奇的事，租我厂房的一个东北老板竟然跑路，我只好替她付了28万元的员工工资。为此事父亲也是忧心忡忡，在他生命弥留之际，我告诉他，我的两三千万元债务还得差不多了，父亲没有接我的话，我知道他以为我在说谎。每当想起这一件事，我心里就难受，真的，我所谓的创业却给了父亲无尽的压力，他是带着这种无形的巨大压力而去的。

5年前，儿子晴谷大学毕业，我让他去苏州莱克公司锻炼了两年，在那里他做产品开发，主要开发割草机，从设计图纸，到联系生产厂家，最后装配都由他主管，的确在苏州莱克公司两年，他学到了许多实用技术。

3年前，他来到了我的工厂，刚开始时，他有点看不上我的小厂，他站在我的面前一本正经地对我说，你说要放权，你怎么什么也不教我呢？我对他说，有些东西不是你一时就懂的，需要时间你自己慢慢领悟。

他负责开发产品这一块，我对他说，你分量重的产品不要接，可以承接一些分量轻的产品，他很不理解，对我说，分量重的产品价格大，做的产值就大，分量轻的产品做不大产值啊！我说产值大没用，关键是要创造利润。当时为此事他对我意见很大。今天他却觉得我说得对了，他说，幸好你叫我不接分量重的产品，如果接的话现在需要生产那就亏本大了。因为现在原材料铁板比原来每吨涨了近两千元，而产品价格客户是不给涨的，所以这个涨价部分就有我们供应商自己消化。像此类事情只有亲身经历了，才会大彻大悟哩！

以前晴谷抱怨我怎么会选择做冲压件呢？我对他说，我当时一没钱，二没技术，三没市场，你说我拿什么去挣钱呢？我选择做冲压件也是"绝处逢生"啊。现在晴谷做这个冲压件也有 3 年了，这些年他开发了 30 多个汽车零部件的冲压件，而且有十几个新品已投入了批量生产，他觉得做好冲压件何尝不是人生一乐？

一个月前，他提出自己要建一个模具车间，我问他，你一年有多少模具开呢？他说，虽说现在模具开的不是太多，但到外面找人家开模具，这个时间进度与交货都跟不上啊，主动权不在我们自己手上。他还说，我为了催一副模具，一天要打几十个电话真的脑子快崩溃了。我想了半天，最后我采纳了他的建议，同意自己上马一个模具车间，现在几台制造模具的机器已经安装到位了。

我不由得叹了口气，想起自己年轻的时候，做所谓的大事从来没有征求父亲的意见，都是我"独断专行"，现在晴谷已长大了，他可以有自己的思想，他可以去追求他的梦想，这里我只愿他做事冷静一点，做事踏实一点，为人真诚一点！我对晴谷说，你坚持这样拼搏十年，到你四十岁的时候，这个世界你就如鱼得水啦！

做饭很好

时不时有人会问我，你会做饭吗？

我响亮地回答，做饭很好。

说得明确一点，就是我做的饭很好。这不是我自吹自擂，而是妻子与晴谷对我做饭的评价，晴谷说我做的饭比饭店还好吃。

18岁我当兵，第二年我就调到炊事班做伙头军，我做饭的手艺就是那时学会的，尤其是刀功就是在炊事班时炼出来的，退伍后遇到村里乡亲办酒席，有时我会露一手刀功什么的，我切的土豆丝远比乡里的土厨师切的又快又好！

结婚后，我们与父母没住在一块，因为我们住在街上，父母亲则住在老家里，这样晚上做饭就落在我的身上，而妻子是一家公司销售老总，她比我工作忙碌。

那时候，我最擅长做的菜是红烧肉、爆炒螺蛳，还有红烧豆腐，比如我做红烧肉与别的人做法不太一样，我不起油锅的，先将猪肉煮烂，然后才放酱油、黄酒、味精等调料，这样做出来的红烧肉特别嫩，而放在油锅里烧出来的红烧肉则肉质很老，再比如爆炒螺蛳，洗净的螺蛳仍然要放在清水里养着，到油锅烫了才将清水里的螺蛳捞到滚烫的锅里，这样做出来的螺蛳容易吸出来。今天我把自己多年的秘方都写出来了，你是不是觉得我做的红烧肉香气扑鼻呢？

很可惜，这几样我的拿手菜现在恐怕要失传了，因为现在我们一家人都信佛，故一年四季不吃红烧肉，不吃螺蛳了，所以我已经有好几年没有做过这两个菜了，不过，我又有新的拿手菜问世了，只不过与荤菜不粘边，都是素菜。

晴谷最喜欢我做的炒素，这个炒素十分丰富，有蘑菇、油面筋、白菜根（或者茭白），还有黄萝卜、毛豆之类，当然选择的蔬菜根据季节可以稍作调整，但油面筋是一直要唱主角的，做这个炒素要用不粘锅，因为不能放太多的油，炒菜时也不放水的，因为浸泡的油面筋里面总是带一点水入锅的，然后放些蘑菇精与白糖，这个炒素便一气呵成。

妻子最喜欢吃我做的拌黄瓜，这个黄瓜去皮有讲究，不要全部去皮，稍微留一点瓜皮，这样切成的瓜片有白有绿的，看上去青青翠翠的，切成小块后用开水泡一下，再放盐腌几分钟，然后放入少许麻油，这样的拌黄瓜十分香脆可口。

我除了写作，最爱的就是做饭了。妻子嫁给我二三十年，我都没有叫她洗过碗，以至于晴谷以为做饭之类的就应该是男人做的事。

他多次对我说，什么时候爸爸教教我做饭呢？

第五辑　在繁华中感恩

　　历史不应该忘记，在繁华中感恩，在幸福中缅怀，我们感恩先烈，我们缅怀前辈，我们感恩脚下这一片苦难与肥沃的土地。因为珍视一段段厚重的记忆，所以将之串成一串珍珠项链，我们渭塘这一块土地更显得晶莹与完美。

那一天

　　历史真是一种奇怪的东西，看不见，摸不着，却在我们的心里留下了一道难以抹去的印痕。

　　我说的是我个人的历史。

　　1980 年 11 月 22 日，很遥远的一个日子，或许对别人来说无关紧要，可是对我来说，我永远不会忘记啊。那一天，我穿上军装，成为一名特种水兵。

　　我们把美好生活都描绘成诗和远方，但那时我根本没有这样的感觉。当时我的脑海里只是千万次地问自己，我的前途在哪里？

　　那一天，吃过午饭，我要走了，爸爸把我领到祖父床前，祖父瘫痪在床上四五年了，他咳嗽不止，因为家里穷，都没有送他上医院治疗。

　　我对祖父说，阿爹（爷爷），我要当兵去了，你自己多多保重！

　　祖父点点头，因为不时咳嗽，他断断续续对我说，阿爹快死了，恐怕见不到你了。

　　我看见祖父抹眼泪了。

我看见父亲也抹眼泪了。

父亲对祖父说，孙子当兵是很光荣的事，你不要难过。

我走出了那个房间，我没有哭。因为我知道，即使我在家，我也帮不了祖父什么忙，他被病魔折磨得已经死去活来。我心里只是有一个想法，我要在部队好好干，让一家人都过上好日子。

亲爱的年轻朋友们，那时我真盼望再来一次自卫反击战，让我上战场杀敌去，如果我牺牲了，那我就是烈士，我的爸爸妈妈哥哥弟弟不就是烈属了么？

青春就是这样的热血沸腾，义无反顾，至少我的青春就是这样的啊。

大概下午两时许，大队一只机挂船来了，它停泊在我家的河埠，因为船上敲锣打鼓的，一下子就把村庄上老老小小都吸引过来了。自从高考落榜后，这几个月的时间里，我每天都渴望自己远走高飞啊，可真的要走了，我心里又有许多的不舍。我要走了，老祖母要送我，被我父亲拦住了，因为家里就只有祖父一个人。我的祖母解放前曾在上海做佣人，她深明大义，对我说，孙子，你在部队要好好干，蒋家全靠你了（因为哥哥和弟弟小学都没有读完，就我一个人高中毕业）。

我没看见祖母哭，只是看见我母亲在哭，父亲对母亲说，儿子当兵去，别人要当兵都去不了，你哭什么呢？母亲仍然哭的，只是不敢哭出声音来。

这时候我的大舅舅也来了，他是个不识字的农民，一个小队长，他手一挥对我说：外甥，你在部队要听当官的话，当官的叫你往前冲，前面是个牛泥潭，你眼睛闭着也要走过去。

当时我并不觉得大舅舅的话有什么好，但经历世事多了，我才觉得大舅舅的话比书本上的话都说得要好，他告诫我做人或者做事，要适应社会，要随大流。

最后我发现大舅舅是个哲学家！

机挂船锣鼓喧天，大队民兵营长催促我该上船了。机挂船船舱挺大的，可以容纳十几个人吧，所以随船送我的人好多，他们是父母亲、哥哥弟弟，还有小舅舅、阿姨，还有我的干姐姐（后来成了我的嫂子）。

机挂船离岸了，而我的眼睛睁得很大，我在搜索一个人，我看见她了，她穿了一件淡红的衣裳，她也站在那里。她比我小两岁，是我的初恋情人，我走的前一天晚上曾想去找她告别，但到了她家门口，我又没有勇气了，就这样我与她没有说一声就走了。唉，我当兵才走第一年，她就被大队书记看中了，她与大队书记的公子吃了定亲饭。就这样，我的初恋丢弃在小河里了。在那样一个年代里，你贫穷，你无权势，你有最好的爱情，你说，你有什么结果呢？

机挂船开到公社大会堂，送我的一行人回去了，就留下了父亲一个人，因为当晚要换军装，换下的衣服要带回去，所以父亲留下来了，其实我与父亲已经不允许呆在一块了，我们二十多个新兵都聚集在大会堂里，而送行的人都呆在大会堂外面。父亲不时地通过窗口向我张望，天已经暗了，父亲仍然在那里等待。而我们新兵晚饭是每人发了两个面包，我跑到窗口递给了父亲，父亲不要，他说你不吃饿肚皮不行，我说我有妈妈做的茶叶蛋。父亲这才收下了两只面包，后来我才知道，父亲这晚啥也没有吃，回去以后，他大哭了一场，他埋怨我母亲和祖母，你们为什么不拦住坤元当兵去呢？

天下的父亲都是一样的，谁不爱自己的儿女呢？

只是我们年少不懂，甚至埋怨父亲母亲多管闲事。

到了晚上8点多钟，我终于穿上了军装，当时什么心情说不清楚了，当我把换下的衣服通过窗口递给父亲时，父亲隔着窗伸手理了理我的军帽，说了这么一句话：儿子，你在部队放心，家里有爸爸呐！说完，他拿着衣服就走了，他的身影很快消失在黑幕里。

也许我的爸爸在别人眼里算不了什么，但他在我心里是一个顶天立地的人！我当兵一年后，祖父走了。那一天正是哥哥结婚的日子，有许多亲戚来了，可是祖父这个时候断气了，父亲欲哭无泪，他对祖父说，只好委屈你了，先把孙子的婚事办了，再料理你的后事吧。本来第二天，是新娘回门的日子，新娘家很多亲戚上男方家喝酒的，这个仪式只能免去了，开始办祖父的丧事。然而父亲为了不让我分心，没有把祖父逝世这个事告诉我，我是后来过了一个多月才知道的。

父亲就是这样一个有困难自己扛的人。或许我就像父亲一样的，我也喜欢一个人扛住苦难，天塌下来，有我顶着。

那晚，我们新兵就睡在大会堂里，没有床铺，就以地为床，好在是十月份，江南的天气并不冷。到了早晨4时，我们就起床了，然后步行去苏州火车站，走了二十多公里路，到火车站天已经亮了。

早晨，又发了两只面包。

这时，我肚皮有点饿了，我就吃了一只面包。

当天早上7时，我们一行新兵坐上了一列北上的火车，那火车刚装过一车猪，因为里面还有猪粪，我们就是坐这种火车去了远方，远方在哪里，我们当时并不知道。

亲爱的年轻朋友们，我把这一事情写出来，我很想告诉你们，年轻时代的我比你们更苦恼，更迷茫，不知道诗和远方在哪里？

现在，你们知道，从前我就是这样过来的。

酒酿，或者桑葚之类

现在街上有酒酿卖了，我一问一碗5元钱，便叫了一碗。

我喜欢从前祖母和妈妈做的酒酿。

现在我吃到的酒酿，好像太甜了，那米粒也不糯，有点粳性，总之与记忆里的酒酿味道相差悬殊。

至今我不知道酒酿是怎么做出来的，但我看见过祖母和妈妈做酒酿的，这个记忆深印在我的脑海里，谁也抹不去。从前我祖母是当家人，妈妈见她有点怕，妈妈做好一锅饭，就对祖母说，饭好了。祖母拿出酒药（酒酿引子），然后用开水将酒药化开，然后将这些化开的酒药倒在那一锅饭里，那一锅饭装在一只瓷器罐子里，然后找一个盖子封住，又将这一只瓷器罐子用棉胎包住，不让它通风。

我和弟弟很好奇，趁祖母和妈妈不在家，就偷偷地打开那个瓷器罐子。那时候，乡下穷，没有啥好吃的，即使像这个酒酿还没有熟透，而我与弟弟见之已经欣喜若狂了。我一下子吃了三碗，弟弟也吃了三碗，结果我俩都像喝酒一样了，等祖母和妈妈从田里回来，我和弟弟都躺在

166

门口东倒西歪了。妈妈焦急万分，祖母却微微一笑说，吃酒酿吃醉了，不会出什么事情的。

祖母做的酒酿好吃，这在村庄里是出名了的，她做的酱也是非常好吃的。

做酱的原料是黄豆，煮烂后就盛在一只瓷器的盆子里，然后将盆子放在屋顶上晒，有时候夜晚也放在露天的，只是下雨的时候才收到屋里，不知道要晒多少天，这个酱才可以吃了。酱好吃了，妈妈便买回几斤肥肉，那肥肉蒸酱，是我小时候最喜欢吃的一种食物。我感谢老祖母和妈妈，让我小时候有幸福的感觉。

以前我写过桑葚之类的文章了，收集在哪一本书里，一时也找不到了，许多时候，自己写的诗啊散文啊，都会想不起，而唯独关于桑葚的故事像一棵树种植在自己的脑海里，而且这一棵树好像不老的，越来越清晰。

小时候我喜欢在女孩们面前逞强，有一次，生产队里几个女孩子对我说，河对岸有一片桑树林，那个桑葚成熟了，可甜了。

我说，你们想吃桑葚吗？

她们说，想啊！

我说，你们等着。

说完，我就扑通跳到湖里。

交代一下，那一片桑树林是太平公社的，当时有专人在看管，是不允许别人采摘的。

十分幸运，那个看桑树林的老头在棚子里没有走出来，他没有发现我在偷摘桑葚。桑树上红的黑的桑葚好多啊，我一边采摘一边往嘴巴里塞，嘴巴里都塞满了桑葚。

我脱下了身上的白衬衣，把衣服当作一个袋子。

我摘了好多好多的桑葚。

可以形容为贪得无厌。

然后我又轻轻地下到河里，挺举着一包桑葚回到了河对岸。这回，女孩子们欢呼雀跃，她们坐在树下大口大口地吃着桑葚，小嘴巴都被桑葚染红了。

可我倒霉了，我的一件白衣服像被红墨汁染色一样，洗也洗不干净。妈妈骂了我，说我不爱惜衣服，不会过日子，我觉得妈妈骂得有道理。

不知道多少年过去了，女孩们还能想起这个采摘桑葚的故事么？

桑葚的日子在夏季，则我的人生已经是秋季了，今天又想起这个故事，从前的天真快乐，现在好像添加了一些怅然若失……

学会时间管理

如何学会时间管理，像这类文章网上应该很多，但在写此文时，我没有去看那些文章，因为我想写写自己是如何进行时间管理的，比如有人说我办厂与写作两不误，他们觉得我对时间管理得比较好。

这里，我不说时间管理的专用术语，一般人看不懂，还是像唠家常比较恰当，这样通俗易懂。

每个人一天的时间都是 24 个小时，并不是你是亿万富翁，就多给你时间，你是穷困户就扣你的时间，或许上帝在时间方面做到了对每个人公平对待。

请允许我说说自己的日常工作。

我有两个工厂，一个做汽车零件，一个出租厂房，不仅如此，还要写作和出书，比如说在简书日更。时间对我来说，一天 24 小时真的不够用，若给我 48 小时，我想也仍是不够用，那么只好控制自己的某些习惯了。

1. 凡事从简，能让别人做的事情就让他们去做。比如儿子大学毕业后来厂里工作五六年了，我就把正翔厂全权交他管理，或许他在管理过程中，有时要付些学费，这个我没意见，因为我办厂也是一路付学费过来的。我在想，现在让儿子付一点小学费，不要以后付大学费就是了。

2. 充分协调，步调一致。像工厂，我与儿子协调好，他能出面解决的，我就回避，家里也是如此。本来像亲友结婚嫁囡办事情，妻子都要我参加，一个也不能少，但我对她说，现在我事情忙，重要事情叫我参加，一般的事情你就自己处理吧，对此她很有意见，但儿子支持我的想法，现在就按这个思路办了。

3. 写作要提前做好功课。比如我在简书日更，比如每天我的两个公众号发表，这些都要提前做好功课，当然也有当天写作发表的，但更多的是我之前就写作好的，因为写作存货多，所以对我来说不要说日更一文，即使日更五文也不在话下。所以，要充分利用一切空闲时间写作，接下来就是看你写作的耐力了。

4. 能花钱解决的就花钱，节省时间做更大的事情。我有哥哥弟弟，妻子对他们说，父亲生病住院，蒋坤元负责掏钱，你们负责陪护，他们乐意得很，当然我也常去医院看望父亲。父亲几年前走了，今天想起来，我没有好好陪他老人家，心里真的是非常内疚的！

5. 堤外损失堤内补。像我每天要有七八个小时写作，如果有事外出，或者晚上去饭店吃饭没有那么多时间写作，那只好少睡觉了，本来我每天只睡觉差不多六小时，有时出现那样的情况，只好睡觉三四个小时，所以平常我一般都是拒绝晚上去饭店吃饭的，总是觉得把时间用在吃喝上是一种浪费。

6. 尽量付出，吃亏是福。我与别人做生意时，就一贯抱着吃亏是福的态度，能够让别人得益的事情就多做，让别人受到损失的事情不做。比如今年有两家注塑企业租我的厂房，但政府不让做注塑，要求他们无条件搬走，我看他们刚创业很可怜，就这样两万多元电费就没收，很重要的一点，我不想把自己的时间浪费在这种嘴皮子功夫上面。

7. 拒绝一切闲聊。以前 QQ 时代，好像我的工作没有现在这样忙碌，所以有时还会与 Q 友聊天，那时也是刚接触新媒体，都有一种新鲜感对吧。现在是微信时代，还有简书、美篇，比如微友我有两三千人，简友四千多人，但没几个聊天过，我是拒绝一切闲聊，我在想有闲聊的时间，还不如老老实实写一篇文章出来。即使公众号，别人留言我也不回复，真的没时间。

8. 每周，或者每月给自己制定一个目标。比如我拟在明年 5 月底写成一部长篇小说《白米妹妹和黑蛋哥哥》，有了这样的目标，所以我即将要动笔了，然后每天坚持写几千字，这样才能到时间拿出这部作品。

持之以恒，久久功夫自然得力

持之以恒，久久功夫自然得力。这句话确切表达的意思，就是但凡做事，需要持之以恒地去做，有恒心者做得时间久了，功夫就自然有之。

2002年9月我下海办厂，这十六年间我从来一直在做冲压件，其中有人建议我去做金加工，而事实上我阿舅的工厂，也在对外发放金加工的活，但我没有上这个项目，我觉得做亲戚的生意就像一个人被自己人捆住了手脚，而无法施展自己的才华。

当然我不是一成不变，而是在冲压件上下功夫，从单一的模具到现在的连续模作业，另外扩展一点其他项目，比如我增添了注塑业务，这样遇到客户有冲压件和五金件相嵌的产品，就能被我攻关下来。讲得硬气一点，这种零件"非我莫属"。这就是叫特色。

几年前，晴谷刚来我的工厂，他也有点不解，他对我说：爸爸，你怎么会做这种最低级的冲压件呢？

我看了他一眼，对他说：我一没资金，二没技术，三没人脉，你说两手空空，能做什么？

他不响。

我又说：虽说都是冲压件，但我做的冲压件是汽车零件，与大公司配套，一边赚钱，一边还能学到管理和技术，以后赚到钱了，当然可以投资其他行业，但主要你手里要有资本，没有资本便什么也做不了。

几年下来，晴谷已热爱上了这一行业，上周他还带了厂里几个骨干去浙江参观人家先进的冲压企业，他觉得以后冲压件与注塑件还是有发展空间和前途的，重要的是要添置高科技设备，和引进技术人才。

而反观我有位亲戚，开厂比我早几年，他先开商店，再开饭店，再开纸箱厂，再开喷涂厂，不知道开了多少厂，而每个厂最后都关门歇业，真的是"开开关关厂"啊！到现在他还在向别人借钱，别人当他像瘟神一样，都不愿意借钱给他。

他的致命弱点就是开厂朝三暮四，没有自始至终坚持做好一件事情！

——巨大的成功靠的不是力量而是韧性，竞争常常是持久力的竞争。

这句话也可以理解为，十年磨一剑。

只剩一座桥

　　今天有位老同学从外地回来，突然萌生了一个想法，想去她的老家看看。其实，她的老家去年已被拆，她年迈的父母亲已搬到别处去了。

　　这些年，我没有离开过家乡，所以我对家乡的情况还是知道一些。我对她说，整个村庄那些房子都没了，只剩一座水泥桥。她说，看见同学群发的一张照片，那一座水泥桥两岸还有房子，还有几棵树。

　　我说，那我们去看看吧。

　　这是熟悉的小路。

　　可是车子开到娄子头，就开不过去了，因为拆迁的建筑垃圾把原本的道路堵塞了。

　　那里有一条小河。

　　那里有一座水泥桥。

　　她说，不是她家后面的那一座桥，那一座桥应该在西边一点的，记得上大学回家需要经过一片鱼塘，当时还有扒猪猡的传说，所以走在这样的小路上，心里很害怕。

174

这时她想起来了。

她说，这座桥是我们永昌中学门前的一座桥，学校西边原来有一户富裕人家，上小学就在那户人家上的，还有桥的南面有一个荷花池，荷花盛开的时候，鱼池里都是荷花，还有最南面是一片稻田，其中有一块是我们学校的试验田，我们赤脚在田里拔过草的。

她记性不错。

她是我小学同学，一直到高中，只是高中时她读的文科，我读的是理科，后来她考上大学，成了一名狱警……她说，十年前，她的大学一位同学来过这个村里，还拍摄了一些照片，那时候还年轻，现在年纪长了，真有叶落归根的想法，有时候还梦到故乡……

哎，拆迁把老同学的故乡情怀搅乱了。

真的是少年的记忆最真。

她站在小桥上，指着西边说，那里有一座桥，肯定是那一座桥了。

车子无法过去。

我们绕过乱石、树枝、垃圾……走到了小桥头。

她说，是这一座桥。

她说，原来还是小木桥，几个人走在小桥上还晃来晃去的，好害怕啊！这个水泥桥还是后来建造的。她指着桥南西边说，那是王金龙家，我要拍一张照片传给他看看。我说，小时候我到王金龙家，然后打开他家后门，就在这河里游泳，那时候的河水清澈，老乡们都喝河水的，因为还没自来水。

她在南桥头发现了一簇枸杞树，她说以前田埂上到处是这种枸杞，可叹现在已经很少见到它了。我看见她把枸杞里的垃圾捡拾干净，然后拿着手机拍照。她说，即使遍地瓦砾，也要拍出一张美观的照片。

即使老家拆得七零八落，即使老家荡然无存，但在她的心中，老家永远是梦绕魂牵的，因为老家是血脉相连的根，是血浓于水的真爱啊！

这时候，走过来一位老年农妇，似乎有点面熟。原来真是本地人，我告诉她，我的同学是谁谁谁，我是谁谁谁，老人竟然都叫出了我父亲和老同学父亲的名字。老人说，你父亲在我们拾联村做过书记，我家口粮不够，你父亲还帮助过我们……听到村里还有老人在称赞我的父亲，我心里说不出的感动，这就是我的故乡啊，这就是我故乡的父老乡亲。

　　在那一座水泥桥南桥头，老同学给我拍了一张照片，我望着那桥，那河，那水……那些回不去的时光。

感谢那一排小木桩

小时候有一年家乡发大水，父亲好几天都没有回家，妈妈说父亲在工地上指挥全大队的社员抗洪救灾。我执着要去看爸爸，祖母就领着我去找爸爸，我看见爸爸在搬草包，身上全都湿透了。我的父亲啊，他把青春与热血都献给了那个叫船了浜的小村庄。后来，便有了属于我的一句豪言壮语：我不是船了浜的小木桩，我要做一根打在大海里的木桩，去经历更为壮观的风霜雨雪。

2006年10月，我去日本参加东京物流展，在东京街头我看到繁华的街道里却有一块空地，有一个老人在种菜，同行的文总告诉我，这是一块私有土地，没有人动它的，如果你在日本有一块这样的地，你就发财了。

像写作给了我一个灵感。

我要买地。

回国后我第一件事就找到阳澄湖镇政府。当时我是骑摩托过去的，有领导问我，一亩地要投资一百万元，你行吗？

我说，我行。

但他不相信。

我自己心里也是晃荡晃荡的，不知道这个两三千万元到哪里去找，因为我账上只有几万元钱，这么说吧，我开办正翔所借的一百多万元还没有全部还掉呢。

妻子也是坚决反对。

但东京街头那个种菜老人的身影也在我的眼前晃荡，我设想，若干年以后，我就是那个东京老人，如果现在不出手，那就什么机会也没有。

还要感谢那一排小木桩，我做大事的机会来了，不管怎样，我拼着老命也要买地，我豁出去了。

一晃十年过去了，事实证明我的决策是非常对的，当初投资的两三千万元现在土地翻了几番，还有建筑工程的花费也是翻了几个跟头，现在即使摆在我面前七八千万元现金也不一定能干成这样的大事。

因为我做过这样的大事，所以对于其他的事，在我眼里都是轻而易举的小事了。只是 4 年前，父亲走了，生前他一直为我的买地而担忧，为此我深深地感到内疚。亲爱的爸爸，请您相信，您的儿子就是那个做大事的人！

干爹说我有出息

我有一个干爹，他有四个儿子，但他还是让我认他为干爹。那时候是七十年代吧，干爹组织一帮泥匠给我家造房子，晚上父亲请他喝酒，我在桌子上做作业。干爹说，这个孩子这样爱读书，长大一定会有大出息的。母亲说，那就让他认你当干爹吧。干爹说，只要你们看得起我，我就认这个干儿子。

我是小孩子不懂事，父亲母亲让我叫眼前的一个泥匠为干爹，我就叫了几声干爹。自此逢年过节，我就到干爹家里过年，干爹干妈会为我做一身新的衣裳。

十八岁那年我高中毕业后，因为没有考上大学，父亲托关系安排我到邻村一个五金厂做浸渗工，就是跟着几个上了年纪的人做浸渗电子产品的工作。因为这种浸渗工作接触油漆，后来父亲就不想让我干了。父亲想让我跟干爹学泥匠，只是当时学泥匠也有名额限制，农村青年不能随随便便学手艺的，不然你学泥匠他学木匠，那个稻田里的农活又有谁去做呢？为此干爹几次找到父亲，对父亲说，让干儿子先跟着我干吧，至于学泥匠的手续以后慢慢地去申请吧。我的父亲是一个很执着的人，当时他是大队党支部书记，如果他脸皮厚一点，安排我学泥匠应该没有什么大问题的。但当时申请学手艺的人很多，父亲怕其他人一窝风跟着他学泥匠，最后父亲没有答应我跟着干爹学泥匠去了。

后来，我当兵去了。

退伍回来后，干爹的四个儿子正在组建一个建筑队，我家一幢四下三上的楼房就是请这一支建筑队建造的。其时，干爹关照几个儿子，这是你们弟弟的新房子，你们一定要用用心，把这个房子造得好些。

到了 2002 年 11 月，我自己出来办厂，那厂房也是请干爹的弟弟建造的。其时，干爹已是七十多岁的老人了，他还多次到工地来察看，他对村里好多人说：我的干儿子蒋坤元是一个有出息的孩子。

这些年，逢年过节时，我就提些礼品去看望干爹干妈，他们总是说，你在创业，听说你向亲戚朋友借了许多钱造厂房，我们都没有钱支持你，还经常吃你的东西，真的过意不去。所以我给他们一点钱，他们推着不收，有时候我只好把钱丢在地上，然后像做贼一样匆匆离去，回头看干爹干妈还在我的身后追着哩！

去年 12 月的一天，我得知干爹生病住在医院里，我就去看望他，干爹刚挂好盐水，所以精神还是挺好的，他对在场看望他的几个亲戚朋友说：我这个干儿子是最有出息的，有这样好的干儿子，我脸上也有许多的光彩。

真的，干爹干妈很看得起我，他们也是鼓励我努力奋斗的一个源泉。

前天老天下着大雨，干爹无声无息地走了，他活了 85 岁，来送他的人有很多，因为他本身有四个儿子，这四个儿子又有了好多孩子，还有干爹一生为泥匠，几十年间他又领了许多徒弟，有的徒弟也领了徒弟，可谓子孙满堂。因为正好是周末，我有空也去见了干爹最后一面。有人告诉我，干爹最放心不下的不是年迈的干妈，他最担心的是一个孙子，这个孙子是个残疾人，三十多岁了，身材还像一个十一二岁的孩子，干爹说，不知道这个孙子以后怎么生活？

我看见这个孙子扶着干爹的棺材大哭不止，我也流泪了。

一时为文，终生朋友

夜读安妮宝贝的《素年锦时》，对里面的一段话印象很深："一个人若想与比自己强大的人做朋友。精神强度不相当，弱势一定会有困惑。对方在一定距离之外，他想进一步，对方退一步，完全得不到进入对方世界的通道。友情自然也寡谈而过渡。"

我想起了老朋友刘放。

记得他送我一本他写的书《给少女的 100 把智慧钥匙》，我在书房里好不容易找到这一本书了，见到扉页上还有他的亲笔签名，他这样写道："坤元君惠存：一时为文，终生朋友。"落款时间是 1999 年 12 月。

这一本书对我来说很珍贵，因为其中有一篇文章就是写的我，这篇文章题目不长，就《田野耕夫》四个字，文章开头引述了周国平先生的一句话："大智者必谦和，大善者必宽容。唯有小智者才咄咄逼人，小善者才会斤斤计较。"

刘放把我归入"大智者"，其实那时我还只是乡村办厂的一个小小供销而已。他是这样描述我的：

坤元文章与儿子一同养育，不能不让人赞叹好一个大智若愚的田野耕夫。智与愚，本是携手人间的孪生兄弟，往往让人难以分辨，有人面上智，里中愚，当然亦有相反者。通常是智者若智，其智减半，即大智变为中智，中智变为小智，小智变愚。俗话说聪明反被聪明误是也。智者若愚，其智翻番，即小智变中智，中智变大智。坤元既要挣钱供养老小，又要执笔灯下为文，只有诚开路，勤为本，这便是知己知彼，审时度势的大智呀！

刘放一直关注着我，不仅在他编辑的图书版上编发了我许多散文与诗歌，而且他采写的专访《在喧嚣的机器旁写出 24 本书——蒋坤元访谈录》，以一个版面的形式发表在 2014 年 9 月 14 日的《姑苏晚报》。能够上"晚报会客厅"是许多文化成功人士的愿望，而这是我做梦也没有想到的。本来这一张报纸我是不想让妻子看到的，因为我与她约法三章，她支持我办厂与写作，但有前提，我不在报刊上宣传自己。但这一张报纸还是被妻子看到了，她是从微信的朋友圈里看到的，她看了这篇专访倒是没生气，她笑着对我说：你在喧嚣的机器旁写出 24 本书，说明你办厂不够专心哇！

2016 年 1 月 10 日，刘放又在《姑苏晚报》发文写我，题目叫《黑面汉子的追梦之旅》，这里摘要如下：

如今再翻翻书（此书系我的第一本书《梦里水乡》），看看其中的文章，的确稍嫌稚嫩浅显了；但没有这个稚嫩浅显，就没有他今天长篇小说的厚实厚重。他早期的文章，似乎就是为今天的写作在积累素材。看看身边人，有许多当年写作的势头不错，但赚钱去了，或者凭几篇文章获得赏识而从政了，就不再写了，或不屑于写了。

有道是"人一阔脸就变"，起码，这些不再写作的朋友，没有风吹日晒之苦，也告别熬夜劳神之累，面孔上大约是洗净了乡野的泥土特征。只有当时才华平平的蒋坤元例外。

"追梦"，是近年的一个流行词，出现频率很高。至今仍面黑的蒋坤元，可是在二十年前就开始追梦了，追他的"梦里水乡"。如今看来，他应该可以归类梦想成真。

如果硬要将朋友分类，我觉得刘放真的是终生朋友。

有仙则灵

十年前，我的工厂还不够大，我每天骑三轮车去附近的安华物流公司送货，我认得了安华公司的文员小庄，她说有个女同学想到苏州工作，不知道你厂里需要不需要招聘文员？

几日后，小庄真的领着她的同学找我来了。我一看那份简历，知道眼前的姑娘叫吴仙花，所谓"山不在高，有仙则灵"，她的名字多么好啊，这下我的小厂也可以"有仙则灵"了。

她是我招来的第一个女大学生，不过她学的专业有点搞笑，她学的是畜牧专业，好在她是个聪明的女孩，我送她到渭塘参加了一个电脑画图培训班，学了几天她便掌握操作电脑画产品图纸了。因为当时工厂规模还小，所以她不仅做我的文秘，还做工厂的技术员。厂里的图纸都是她绘制的，甚至给客户送货的自检报告都由她出具，还有车间生产报表之类也由她统计，厂里搞质量管理认证也是她一手操办。还有，我写在QQ空间的文章由她组稿，我每一本书的出版，她都付出了辛劳，她是我出书的"幕后英雄"。

我办厂的目标始终瞄准汽车零部件的生产。

我有一个愿望，一定要加入几家规模宏大的汽车零件公司，找他们做自己强劲的靠山，这样我的工厂才有后劲，才有前途。

当时，小吴姑娘一个人吃住在厂里。

好像是 2008 年，我为了打进无锡一家减震器公司，那年我与她有五十多个夜里去无锡。

有人说，你带一个小姑娘夜里外出做啥呀？

为了省钱啊。

因为我带了小吴姑娘在身边，晚饭过后就没有卡拉 OK 了，卡拉 OK 又是比较烧钱的，而我实在是小厂在爬坡，实在白相不起啊。说白了，带了小吴姑娘在身边，与众友人吃罢晚饭便直接可以打道回府，毕竟我不能丢下小吴姑娘，让她一个人回去啊，你说这个省钱不省钱？

好在那时小吴姑娘还只是个未婚姑娘，一个人吃饱便全家不饿了，所以那些个日子里，她都跟着我跑无锡的。后来，她结婚成家了，她住到苏州去了，路太远，我便没叫她夜里跟我外出吃饭了，我则叫销售员王敏姑娘跟我外出了。

现在我的工厂是好几家汽车减震器公司的供应商，开发新品都要做生产件批量程序报告（PPAP），小吴姑娘已是做这种 PPAP 报告的行家里手，有家公司还请她去讲解如何做这种报告呐，可见她的这一种本事已是棋高一着了。

现在我工厂的货有的要发到英国，有的要发到烟台，都是找运输公司的，怎么发货，怎么收货，都是小吴姑娘在运作，我都不知道怎么运作的，这也是一个大学问哩！

一晃十年过去了，小吴姑娘也做我的助理十年了，现在她又成了晴谷的助理，晴谷对我说，爸爸，你找到的吴姐真的不错，交代她做任何事情，她都很用心，真是无可挑剔。

真的，一个人能够得到晴谷的赞扬，也是一件很不容易的事情！晴谷是个对工作很苛刻的工厂新的领导人！

张文书

1980 年 10 月是我当兵的日子。当时，张必武是渭塘公社人武部副部长，因为他爱好写作与摄影，所以我当兵离开家的那天，他为我们父子俩，还有我们兄弟仨个分别拍了一张照片，如今这两张照片对我来说弥足珍贵，真像我家的传家宝一样。

5 年后，我退伍返乡被分配在乡工业公司做文书，其时张必武是渭塘乡政府文书，故一直到今天我都叫他为"张文书"。

2005 年 1 月，张文书年届六旬退休了，但他没有真正的退休，乡里继续留用他，叫他主编《渭塘镇志》，为了编写好渭塘历史人物徐少遽、刘珏、吕文忠等，他不知道跑了苏州档案馆多少次，复印的资料像人一般高。他知道我爱好写作，所以送了我一本《渭塘镇志》的签名本。老实说，我写的一套《渭塘历史人物系列》的灵感就是来源于这一本地方志，倘若没有这一本书，也就没有我的那三本长篇小说，最近由南京出版社出版的我写的一本书《绿叶对根的怀念》，写我父亲的许多年份事实也来源于这一本地方志。

大概是 5 年前吧，相城区民政局找到他，叫他编纂《政区大典》《相城烈士传》。他说，自己胃刚切除大半，可能编纂这些书力不从心，你们还是另找他人吧，但区民政局领导说，这个任务"非你莫属"。现在这两本书已正式出版了，尤其是《相城烈士传》记录了 140 位革命烈士的生平事迹，张文书为了搜集这些淹没在尘埃中的史料，找遍了苏州"大大小小、方方面面"，真是废寝忘食，呕心沥血。

即使年老退休了，他仍在发挥余热，仍在关心家乡的建设。有关部门找到他，要他写玉盘路、渭中路与珍珠湖路这三个路名的来历，因为他是有名的"渭塘通"。他写的文字很快获得了上级的认可，比如玉盘路，他说是依据白居易《琵琶行》里的诗"嘈嘈切切错杂弹，大珠小珠落玉盘"而命名的，比如珍珠湖路，他说是凭着这一条公路经过珍珠湖而来的……有时想想他，觉得他的知识和人，就像一册渭塘的字典，凡是往昔发生在渭塘重大的事没有他不知道的。

昨日，他利用星期日特地找到我，他是为收集刘珏故事而来，因为我出版过一本书《山水刘珏》，他说，刘珏是我们渭塘明朝的画家，黄埭冯梦龙已搞得轰轰烈烈了，我们渭塘也有冯梦龙这样有名的人，这个人就是刘珏。我对他说，我拟推出一套刘珏连绘画，他说这个主意好，他会向渭塘镇领导推荐我的想法。

他告诉我，他还在准备写一本书，就是渭塘村名录。他说，渭塘有自然村落 300 多个，有的已拆迁，有的村庄已找不到了，如何让这些村落的名字留存下来可以做做文章。我就问他，你知道我们骑河村的陈家庄吗？他说，还不清楚。我告诉他，我听村里老人讲，陈家庄原来叫沉嫁妆，从前有一户人家摇船娶亲，结果下大雨把一船嫁妆沉在河底了，故叫沉嫁妆，后来演变成陈家庄，不信你去陈家庄问，那里没有一户人家姓陈的。

"好好好，好好好！"张文书连说六个好。

村上像他这一般年纪的老人都在搓麻将，都在听书什么的，而他这样一个已经七十三岁的老人，仍然一如既往地沉醉于为家乡建设的文字里，真的是难能可贵啊！

吾叔锡荣

他不是我的亲叔，父亲没有兄弟。父亲只有一个姐姐，还有一个妹妹，她们就是我的大姑母小姑母。

他姓徐，名字唤锡荣，1959 年他跟随一群人支边去了遥远的新疆，因为我的姑父姑母怀抱幼子也支边去了新疆，他们都分配在乌鲁木齐联合收割机厂，而他识几个字，姑父姑母却不识字，所以他与父亲有书信往来。

我从小叫他锡叔。

在我儿时的印象里，锡叔经常从新疆回来探亲的，每每回来，姑母都托他带些葡萄干与枣子给我们三兄弟吃。而我的姑父去新疆后便没有回来过，七十年代姑父的父亲过世了，姑母叫姑父回来送丧，结果他坐上火车到上海走了一圈又回新疆去了。我的姑父脾气古怪，锡叔跟我说过一件事，他们刚到新疆，锡叔请几个老乡在家里喝酒，结果姑父与另一个人争吵起来，那个人把一桌子饭菜都掀翻了。

父亲在世的时候，锡叔从新疆回来了，父亲就会领着他来我的工厂

189

看看，他不止一次地对我的父亲说，老蒋你有这么出息的儿子，你应该感到"扬眉吐气"了，父亲便乐哈哈地说，是的，儿子好就是我们做父母的最大幸福呐！说实话，那时候我与锡叔关系尚属一般，毕竟他与我的父亲来来往往，与我并不熟。4年前，父亲走了，锡叔从新疆回来仍然要去看望我的母亲，我就尽地主之谊请他上饭店喝酒。这样就有机会听他讲当年支边的故事，还有听他讲北大荒艰苦创业的故事，如果有机会我真想为他们这一帮支边新疆的人写一本书。

真正拉近与锡叔的关系是前年我的新疆之行。前年的国庆节，我与哥哥特地去了一趟新疆，专程去看望我的姑父姑母。一下火车，锡叔与姑父、表弟等候在那里，姑父与表弟几十年没见过，所以我不认得他们，而我只认得锡叔，好在锡叔也认得我们。在新疆，表弟带我们去雪山天池游玩，锡叔也陪我们上雪山，在下山的时候，他突然喘不过气，我这才知道他有心脏病，刚生了一场大病，其身子还没有完全康复。这时候，我便觉得锡叔真是一个可敬可亲的老人。

等过几年吧，我仍然要去新疆一趟，去看望我的姑父姑母，如今他们年纪大了，只能我去新疆看望他们了，还有一个是看望锡叔。真的，与吾叔锡荣聊聊我的父亲也是一件非常有趣的事情。

锡叔那一代人，他们在北大荒白手起家，他们在风雨里艰苦的创业故事，应该是我们这一代人的富贵财富！

谭老师

他有很多的称谓，比如谭老板，比如谭画家、谭作家，我则叫他谭兄，因为他比我年长七、八岁。他对我说过的，他最喜欢的称谓是谭老师。

他叫谭良根。

25 年前，我就与他认识，当时我俩都是县报通讯员，我经常在县报发表乡野趣事一类的文章，他也不示弱，他的散文也时常见之报端，而且他还爱好书法，并经常有书画作品在报刊上发表。

那年春节，我刚在渭塘装修了新房，因为我装修了一个书房，他想来看看，结果他把书架上一只木牛掉在地上，木牛断了一只腿，地板上还有了一个深深的印痕，我便把它命名为"谭印"。这个房子还没卖掉，这个"谭印"我一直保留着，可见我俩的友谊悠长。

2002 年 9 月我跳槽出来开厂，他便给我写了一幅巨大的字画，并裱好了配了镜框，叫了一部卡车送过来，他叫我挂在墙上。但我没有将这一幅字画挂出来，因为我不想用字画装饰工厂门面，他很生气，对我说：

"这一幅字镜框都有一千多元的，你不挂出来，你就把它还给我。"自然我是不会还给他的，我说，你的字画让我收藏吧，名人的字画大多都是珍藏起来的。

说他是谭老板，也是名副其实，因为他的职业就是养蟹人，他是阳澄湖人，却跑到常熟沙家浜养蟹去了，他给自己的蟹公司起名为"老谭蟹业"，还请著名书法家谭以文书写了"老谭蟹业"4个大字。为此他洋洋得意，我笑着对他说，你的蟹不是阳澄湖蟹的吧。他说，当然是阳澄湖蟹啊。我说，你的名片是"老谭蟹业"，你的蟹是潭潭蟹也。他连忙解释，我是言字旁的谭，不是三点水旁的潭。

他养蟹十几年，我一只蟹也没去买过，为此他对我颇有不满，他不止一次地对我说，你不够朋友，像你这样我养蟹要喝西北风的。我说，或许等你老了，我可以养你。因为我在阳澄湖有一个工厂，总需要门卫吧，如果他老了，叫他做门卫应该是可以的吧。他便兴高采烈地说，那我们就说好了，等我老了，我就给你看门去。

两年前，他写的一本散文集《亲亲阳澄湖》出版，他在常熟城里摆酒搞了一个新书发布会，我应邀参加了，碰巧我的一本新书也出版，我便也带了几十本书过去。我看见饭店里一群人都围着他，要他的书，要他的签名，我看见他那个春风得意的样子，便打消了拿出我的新书的念头了，我想，我出书有好几十本，出书是家常便饭，而他出书是千年等一回，就让他尽情地出一回风头吧，于是我默默地把几十本书又带回家了。

现在他年过六旬，不再养鱼养蟹，他便在沙家浜镇开了一家画室，一个是出售书画，有其它画家的，也有自己的作品，还有一个辅导附近的孩子学习书画，现在他还被附近一家学校聘请为书画老师，每周去上一堂书画课，就这样"谭老师"的称呼就传开了。

最后发现谭老师喜欢玩微信，他问我道，你怎么不玩微信？我说，我喜欢宁静。他不屑一顾地说，微信是一个大世界，里面什么事情都有，对你写小说有利的。依我看，他的心依旧是青春不老。

新疆很远，亲情很近

我的小姑妈是 1959 年支边去新疆的，那年我还没有出生。小姑妈是怀抱着 2 岁的表哥跟着姑父去新疆的，不幸的是表哥 3 岁那年在一次火灾中丧生了。

什么叫苦难？姑父姑妈在新疆受到的苦难真的是一本书都写不完，但即使他们生活极其艰苦也不忘省吃俭用接济我家，记得儿时过年的时候，小姑妈总会寄几块粗纱布回来，让我们兄弟三个做一件新衣裳，有一年她寄的是灯芯绒，这样我就做了一件外套，可是我在与小伙伴斗鸡的时候，把外套扯坏了，我怕祖母打我，就找同学的母亲缝补，还好祖母眼睛不好没有看出外套的破绽。

在我七、八岁的时候，小姑妈回来探亲，她在婆家请我们一家人吃饭，我看见桌子上一碗红烧肉就把它拉到面前，不许别人吃，小姑妈的婆家有亲戚说我，这个小孩像饿死鬼，没吃过东西的，这话被小姑妈听到了，她就与她们大吵了起来……呜呼亲情呼之欲出。也就是那一次吧，姑妈要回新疆了，她把身边仅有的 20 元钱全部掏给我的祖母，祖母说什么也不要，但见母女俩抱头痛哭，当时我还小，不懂这就是骨肉亲情啊！

父亲在世的时候一直希望去新疆一趟，虽说他做过几十年大队书记，但他称得上是一个廉洁的干部，竟然穷得连买一张去新疆的火车票都没有这个能力，现在我都不好意思这么说。

直到 2005 年我经济好点了，我对父亲说，我来赞助你去新疆吧，父亲答应了，可是偏偏这时候父亲被查出有严重的心脏病，这样他又只好无奈地放弃了去新疆的念头。记得 2006 年 10 月，祖母弥留之际，小姑妈回来的，她回来就住在我家里，因为祖母也住在我家里，我对祖母说，姑妈走的时候你不要哭，祖母真的没哭，只是小姑妈上火车的时候大哭不止。回来后我问祖母，你为什么没哭？祖母说，黄毛（小姑妈）去新疆几十年了，我的眼泪哭干了。祖母还说，还能这样见上她一面，我死了口眼也闭了。

4 年前父亲也走了，他想去新疆的愿望也随之而去了。

其后，小姑妈想回来看看，那是一个雪天，她在火车站上车的时候不慎摔跤了，致使股骨断裂卧床三个多月，以致行走都不太方便了。这个事情也是后来我才知道的，我听了很难受，也就是从那个时候我有了一个想法，我一定要去新疆看望小姑妈一家人，因为这是老祖母的遗愿，因为这是父亲的遗愿，现在纵然我有再多的钱也无法报答我的祖母与父亲，但我可以报答他们至爱的亲人，比如在新疆的小姑妈，而且她年岁大了，身体又不好，我更应该去看望她。

种花

我对写作偏爱，对种花知识却一点都没有，而我的亲家尤老板是种花的能手。到他的工厂就像花草的海洋，放眼都是花啊草啊。他指着一颗铁树对我说，这一棵铁树应该有 30 多年了，买过来时它十来年，在我手里也有 20 多年了，你看它身上一圈就代表一年。

据了解，他工厂里的这些花木价值应该一百万元还不止吧。他说，一天的时间，他有三四个小时是伺弄花花草草的，因为他也没有其他业余爱好。

很可惜，我不是一个种花人，我都叫不出这些花木的名字，我也不知道它们究竟值钱还是不值钱。

尤老板领我到工厂的后面，我看到工厂后面是一条大河，原来工厂依水而筑。他对我说，他要在围墙边上加固堤岸，然后做一个景观长廊，并且种植一排名贵的花木，这样工厂从外面看上去就美丽如画了。

我说，那要投资多少？

他说，至少一百万元。

我吃了一惊。

我想，一个乡村企业老板为了美化工厂外部环境愿意投资这么多钱种植花草的，在当今社会应该算是凤毛麟角。这种保护环境意识，自然是符合社会潮流的，也是难能可贵的。

那天，尤老板来我家做客，他看见我家前院的草坪都在泛黄，他说，这个地缺少肥料。他又指着那一棵梨树说，这个梨树叶子也有点黄，就是这个土地缺少肥料。

过几天，他就买了5袋子肥料送过来，还挽起袖子施肥。

果然，现在我家院子里的草坪变得绿油油了，那梨树与石榴树也长得郁郁葱葱了。

尤老板对我说，他很想过几年就把工厂交给子女管理，到老了就种种花什么的，什么也不想了。我想，他的晚年一定也是很丰富的，因为爱花就是爱人生啊！只是现在他年纪还五十不到，正是事业如日中天时。

你就听校长的话

古人说：人老不作诗。湖北有个叫李彦国的老师已经六十开外，却还在写诗，他有一句诗是这样的：前半生学赵树理，后半生学蒋坤元。

这诗简直是把我吹捧上天了。

不仅如此，这个李老先生还叫一个小学女生将这一句诗写成条幅，再将晒在简书里。不知道的人，还真以为蒋坤元与赵树理是肩并肩的作家呐。

我可不是。

我只是水乡江南的一个乡土作家，出版了31本书都是自费的，现在这个社会自费出书被人看不起，但反过来讲，这个出书钱是自己腰包里拿出来的，我出书不出书关你什么事呢？

出书为了什么？

我不说别人的，说别人容易被别人说，我只说自己，说自己说得不对可以打落牙齿往肚皮里咽。十几年前，我对爱人说，你让我出书，每出一本书，我给你赚一百万元。爱人想，这是个好事情，她便一口答应